AF400201

Dépôt légal : octobre 2021
Première édition : octobre 2021

Édition : BoD – Books on Demand,
12/14 rond-point des Champs-Élysées,
75008 Paris
Impression : BoD - Books on Demand,
Norderstedt, Allemagne
ISBN : 9782322398416

***

Couverture : Ouroboros Design (Sheila17 – 99 Design)
Correction : Florence Clerfeuille

Ce livre est une fiction. Toute référence à des événements historiques, des comportements de personnes ou des lieux réels serait utilisée de façon fictive. Les autres noms, personnages ou lieux et événements sont issus de l'imagination de l'autrice. Toute ressemblance avec des personnages vivants ou ayant existé serait totalement fortuite.

Les erreurs qui peuvent subsister sont le fait de l'autrice.

Aux origines de *Sangs éternels*

Eiirin

Florence Barnaud

« Le destin se moque des hommes. »
La Montagne de l'âme

Gao Xingjian

Prologue

Paris, hôtel de Lauzun, 2020

J'ouvris mon vieux journal protégé de cuir. Les feuilles jaunies commençaient à montrer des signes de faiblesse, comme moi. Une étrange maladie sévissait dans ma communauté et tuait les miens, enfin mes vampires car mes humains n'étaient pas affectés par ce mal.

Nous étions censés être immortels et pourtant quelque chose était maintenant capable de nous anéantir en quelques heures seulement sans que l'on puisse arrêter l'hémorragie.

Moi, ce supposé grand chef du clan Duroy, vampire depuis quatre cents ans, je me sentais si démuni en cet instant. Je vacillais rarement. J'étais né pour garder la tête froide et sauver les miens au péril de ma vie s'il le fallait. J'assumais cette tâche avec rigueur. Je les avais même amenés vers la sérénité. En outre, nous aidions les humains à faire de meilleurs choix de vie en matière d'alimentation.

Non seulement j'avais négocié notre coming out pour vivre paisiblement au milieu des humains sur l'île Saint-Louis à Paris, mais en plus, nous étions très actifs dans la vie politique française. Notre entreprise était reconnue depuis une décennie car nous soutenions avec ferveur l'agriculture biologique. Nous combattions même l'industrie agroalimentaire et surtout ce fameux groupe Merconi qui nous affrontait ardemment afin de rester dans une agriculture conventionnelle avec une pharmacologie chimique très développée.

Certes, le sang des humains n'en était que meilleur pour nous. Le goût du sang non souillé par tous ces toxiques était incomparable sous notre fin palais. Mais c'étaient surtout les souffrances et les maladies humaines que nous faisions reculer.

Jusqu'ici, nous nous en étions plutôt bien sortis face à ces gros groupes d'industrie agroalimentaire, contrecarrant leur proposition de loi avec acharnement.

Malheureusement, maintenant, un nouveau combat débutait. Notre assaillant était invisible. Il tuait en quelques heures chaque vampire qui était à son contact.

Comment ?

J'avouais ne pas le savoir. Mais je ne me laissais pas aller. Je saurais sauver mon clan encore une fois. J'étais juste un peu fatigué, enfin moralement, car physiquement j'étais dans une forme vampirique éternelle.

Émotionnellement, j'étais au bord du gouffre. Le comble pour un samouraï de ma trempe. Je n'avais plus l'étincelle qui nourrissait ma flamme de vaincre tous nos ennemis. Pourtant, des com-

8

bats, j'en avais mené toute ma longue vie... Depuis si longtemps.

Je feuilletais ce vieux journal à la couverture abîmée par le transport et ses siècles d'existence. J'avais passé peut-être plus de temps à le lire qu'à l'écrire. J'y avais couché tous les événements marquants de ma vie. Je craignais d'oublier.

Dans les moments d'incertitude comme celui-ci, je le consultais à nouveau. Je lisais au hasard des pages mon écriture calligraphiée d'un autre temps. Je tentais de réapprendre ce que la vie m'avait inculqué, de retrouver la sagesse retenue au fil de mes aventures, moi, Eiirin Kinoshita, samouraï d'un autre temps, issu d'une lignée de valeureux bushis.

Journal d'un samouraï hors du temps

1 – Le grand incendie

Edo (Japon), 1657.

La veille, les moines bouddhistes avaient souhaité se débarrasser d'un kimono à manches longues qu'ils jugeaient diabolique. J'avais été mandaté par l'empereur, en tant qu'administrateur, pour aller enquêter et m'assurer que tout se passerait pour le mieux. Aux dires de ces moines, trois adolescentes étaient déjà passées de vie à trépas en l'endossant. Un mystère régnait et les moines avaient décidé de détruire définitivement cet habit démoniaque.

Je me devais d'assister à cette élimination.

Installé dans leur cour intérieure, j'étais avec les trois moines pour faire disparaître à jamais ce kimono maléfique. Le bûcher était prêt. J'en faisais le tour pour en vérifier la sécurité. Pas question de générer un nouvel incendie. Les moines avaient pris toutes les précautions pour apporter cet artefact funeste sur les pierres.

Ils avaient attendu mon consentement pour y mettre le feu. Une fois mon hochement de tête effectué, l'un d'eux avait brandi une torche enflammée. Il l'avait abaissée pour la mettre en contact avec la riche étoffe.

Subitement le feu avait couru sur l'ensemble du kimono. Je n'avais jamais vu de flammes se répandre à une telle vitesse. Les moines avaient raison, ce kimono ne pouvait être que diabolique.

Le brasier ondulait sur les pierres, comme si ces flammèches étaient envoûtées. Elles prenaient vie sous nos yeux. L'une d'entre elles commença à monter comme si elle était animée de vie. Elle se redressait, magnifique. Nous en étions tous les quatre hypnotisés.

Au moment où je voulus recouvrir ce feu pour l'étouffer à jamais, une saute de vent soudaine tourbillonna dans la cour, emportant ce feu follet pour le déposer sur le temple. Cette année-là, nous souffrions d'une très grande sécheresse. La flamme avala le bois sec d'une seule bouchée gourmande. Le monstre diabolique grossit, se nourrissant de tout ce qu'il trouvait. Le feu monta, s'épaissit, devenant une boule voulant concurrencer celle qui brillait tous les jours dans le ciel.

Alors, tous les moines, totalement affolés, sortirent comme un seul homme pour éteindre l'incendie. Ce mouvement donna l'alerte et je repris conscience qu'il fallait maintenant agir, et vite. Malheureusement, le feu gagnait déjà les toitures. Les flammes couraient, attisées par le vent, léchant chaque parcelle de bois avant de la dévorer et de s'étendre encore.

Je laissai les moines tenter de contenir l'incendie.

Et depuis hier, je courais...

Je courais dans tous les sens, totalement dépassé par les événements. Je n'en pouvais plus de ces incendies. Les quartiers d'Edo brûlaient régulièrement à cette époque.

Mais là, c'était un incendie d'une autre envergure.

Je retournai au palais afin de mettre l'empereur et sa famille à l'abri. Une fois à la campagne, il m'ordonna de retourner à Edo pour gérer la situation avant que la ville ne disparaisse.

Ces dernières années, j'avais totalement changé de mission. Et pour cause, nous n'avions plus d'ennemi digne de ce nom. Je descendais d'une grande lignée de bushis. Pour bien nous faire prendre conscience que nous vivions une autre époque, l'empereur nous avait créé un nouveau titre. J'étais devenu un « samouraï ». Cela signifiait que je passais maintenant plus de temps à administrer les affaires de l'empereur qu'à faire régner la loi. Dernièrement, j'avais même dû délaisser petit à petit l'entraînement au combat.

Les poils de mes bras se hérissaient sous mon kimono chaque fois que je pensais à cette nouvelle condition. J'étais né pour combattre, pour vaincre, et non pour gratter du papier à coup d'encre avec une plume qui n'avait pas la grandeur de ma lame, mon katana. Ce prolongement de mon bras renfermait mon âme et cette dernière frôlait la désolation quand je n'y prenais pas garde.

Mon titre m'autorisait à porter mon katana.

J'en avais même deux à ma ceinture. Je redoublais de méditation en ce moment pour m'apaiser quant à ce nouveau rôle que je devais endosser bien malgré moi. Cependant, j'avais prêté allégeance à mon empereur. Je lui avais donné ma vie quand j'avais 3 ans. Je me considérais même comme déjà mort puisque ma vie ne m'appartenait plus. J'étais prêt à mourir pour mon empereur. Je lui vouais ma personne. Notre existence était extrêmement plus aisée quand nous n'avions plus rien à perdre. Mon père, valeureux bushi, m'avait élevé dans les lois du bushido. Dès mes 3 ans, l'âge auquel j'avais appris à manier mon premier sabre, il avait forgé aussi bien mon esprit que mon corps.

Pour l'heure, je me hâtais de retourner au palais.

En passant devant sa résidence, je m'assurai rapidement que ma famille gérait la situation. Mes parents, mes sœurs couraient avec des seaux d'eau pour éteindre le feu qui s'était emparé de notre habitation principale. Dressé sur mon cheval, je les encourageai à poursuivre leurs actions. Mes sœurs me saluèrent respectueusement en retour. Je devais poursuivre ma mission, ma vie ne m'appartenait plus. Mon père me fit un signe de tête, l'œil humide. Pour qu'il se laisse aller à une démonstration d'émotion, il fallait que la situation soit désespérée.

Malgré tout, j'éteignis mon cœur. Je devais faire honneur à mon père, à son éducation, je poursuivis donc mon chemin. Il ne pouvait en être autrement, telle était ma vie, telle était ma mission. J'espérais simplement les revoir sur terre.

Je respectais le code d'honneur à la lettre. Un mauvais karma pouvait faire revenir l'âme des guerriers tourmentés dans les rêves des vivants. Je vouais ma vie à l'empereur, ma mort à la paix des miens. Telle était ma voie.

Autour de moi, des flammes s'étendaient plus ou moins loin. Nous étions encore au milieu de la journée. Les moines bouddhistes avaient probablement eu raison. Ce kimono à manches longues ne pouvait être que maléfique pour avoir entraîné un tel incendie. Deux jours que tous luttaient.

Enfin, j'arrivai au palais. Une bonne partie était déjà dévastée. Je mis pied à terre. J'avançais calmement, la bride de mon fidèle destrier à la main. Je me devais de faire descendre toute cette agitation qui régnait en ce lieu. J'observai, impassible autant que possible. Je taisais la lutte intérieure qui souhaitait donner l'alarme. Je devais garder toute ma maîtrise mentale.

Tous les serviteurs couraient dans tous les sens, échevelés. L'eau tombait au fur et à mesure qu'ils s'empêtraient les pieds. Une fois qu'ils étaient arrivés à destination, il ne leur restait quasiment rien pour éteindre les flammes.

Je tendis le bras pour attacher mon magnifique étalon. Malheureusement, ce dernier se cabra et s'échappa. Je le saluai et le remerciai pour tous les services rendus. Je craignais de le perdre à jamais.

— Prenez le temps de marcher ! tonnai-je.

Vous devez garder de l'eau dans vos seaux !

Ils me regardèrent, complètement ahuris. J'étais face à des femmes et des hommes totalement perdus et apeurés. Leur pas de course ne leur permettait pas de conserver suffisamment d'eau. Ils s'épuisaient inutilement.

J'étais reconnu pour mon flegme. À 30 ans, j'avais fait mes preuves. J'étais passé de chef de la garde de l'empereur à émissaire. Il avait une telle confiance en moi qu'il me déléguait les plus grandes missions en son nom.

Nos serviteurs se calmèrent immédiatement. Un certain soulagement apparut sur leur visage, signe qu'ils reprenaient confiance malgré la situation désespérée.

Je me redressai pour leur insuffler le courage. J'étais loyal envers l'empereur mais aussi envers ses serviteurs. Mon attitude fut immédiatement bénéfique. Ils se reprirent en main.

Leur vitesse d'action diminua légèrement, l'eau restait maintenant dans leurs seaux. Les flammes commençaient à diminuer. J'attrapai un baquet laissé à l'abandon et les aidai, criant aussi bien des ordres que des paroles bienveillantes pour gagner ce combat. La nature pouvait être un ennemi terrifiant, mais aussi redoutable.

Le bâtiment sur lequel nous avions porté notre attention était maintenant envahi de fumée. C'était une excellente nouvelle. Nous gagnions notre combat contre les flammes. Ces dernières s'éteignaient. Les minces sourires recommençaient à fleurir sur les visages pleins de poussière et de cendres qui m'entouraient.

Soudain, un bruit retentit dans la nuit. Je me retournai brusquement. Un bâtiment derrière nous venait de s'effondrer. Des braises rougeoyaient dans la nuit noire, ravivant la lumière autour de nous. On aurait dit des flocons de feu qui virevoltaient et tombaient. L'un d'eux se posa sur l'armure qui protégeait mon bras. Une étincelle flamboyante brillait sous mes yeux, brûlant le cuir sombre.

J'avais chaud, j'avais soif. Un éclair de découragement me traversa. Je n'avais même pas vu la journée passer, ni celle d'hier d'ailleurs. Face à moi, seules les flammes dansaient maintenant dans la nuit. L'incendie était tel que tout redevint lumineux comme en plein jour.

Un cri de souffrance retentit à l'opposé de ma position et me sortit de ma torpeur. Je me précipitai pour sauver cette pauvre âme, une femme à n'en pas douter. J'évaluai les risques. Le bâtiment d'où venait le cri était encore solide. Il me semblait que je pouvais y entrer. La porte ouverte était comme une invitation à y pénétrer.

Je m'engouffrai derrière les murs pris par le brasier. La victime était peut-être coincée quelque part. Je la trouvai rapidement derrière une cloison de feu dressée entre nous. J'apercevais à peine ses larmes qui coulaient et lavaient la suie de ses joues, tellement les flammes étaient importantes. J'avais beau regarder autour de moi, je ne pouvais pas la récupérer.

— Reculez et trouvez une autre issue ! criai-je,

lui montrant la direction à prendre.

Comme elle, j'allai sur la droite, là où je pouvais me déplacer dans une relative sécurité pour tenter de la guider vers une porte de sortie, vers la vie. Elle suivit mes indications. Je repris mon calme pour l'exhorter elle-même à moins d'agitation. Les émotions exacerbées faisaient perdre totalement la capacité de réflexion. Elle devait se reprendre pour trouver une solution. Il y en avait forcément une.

— Je vais venir vous chercher en contournant les flammes. Allez dans le couloir derrière, je vous y rejoins !

— Il y a des flammes, Kinoshita-Sensei[1], je vais périr !

— Si vous ne faites rien, vous périrez... Courage ! Nous nous retrouvons de l'autre côté !

Mon ton déterminé et sincère n'amenait aucun doute possible. Je réussis à la regarder droit dans les yeux à travers ce mur de flammes infranchissables, faisant passer tout le courage dont elle avait besoin. Je ne savais quelle force me nourrissait dans ces terribles situations. À cet instant, je me sentais inébranlable.

Elle hocha la tête et me salua à travers le rideau de feu. Bien ! Elle s'était reprise. J'avais eu le temps de saisir dans son regard la grande confiance qu'elle avait en moi. J'en fus soulagé.

Je hochai la tête et nous pénétrâmes chacun dans notre couloir. J'avais très chaud sous mon

---

[1]   « Maître Kinoshita » en japonais.

armure de samouraï. Néanmoins, je la gardais en guise de protection contre ce terrible ennemi. La fournaise me faisait transpirer à grosses gouttes.

Au travers d'une fenêtre, je vis nos serviteurs reprendre le combat. Ils avaient réussi à conserver une vitesse de course suffisamment calme et sûre pour rester efficaces.

Dans le bâtiment où j'avançais, c'était autre chose. Les flammes léchaient le plafond. Je savais déjà que l'étage du dessus était condamné. Plus loin, une ouverture me permettrait de retrouver la victime prisonnière. J'accélérai le pas, m'enfonçai davantage. Je m'enfilai dans l'ouverture et je la vis. Elle était bel et bien là, courageuse. Elle avait fait le chemin qui la mènerait à sa survie.

Elle courut vers moi et je l'attrapai par le bras. Nous devions vite sortir. Son kimono était bien abîmé, brûlé par endroits. Ses yeux noirs magnifiques étaient emplis de bravoure. Nous avançâmes, un sourire aux lèvres, vers le chemin d'où je venais.

Soudain, le plafond s'effondra devant nous, arrêtant immédiatement notre course. Les flammes rongeaient entièrement la pièce d'où je venais. Le plancher, les murs... Le brasier dévorait le bois malmené par ces derniers mois de sécheresse.

Nous rebroussâmes chemin. Nous pénétrâmes plus loin dans le bâtiment, là où nous pouvions, là où les flammes nous laissaient un chemin pour survivre. Ma compagne de mésaventure fut secouée d'un sanglot que j'entendis à peine. Le bruit de l'incendie grondait, le bois craquait, la fournaise nous dévorait de l'intérieur. Nous étions enfermés dans un brouhaha qui rongeait tout sur son passage.

Nous courions à notre perte ! Moi, j'avais déjà donné ma vie, j'étais déjà mort. Cependant, cette pauvre servante se pensait encore vivante.

Je la tirai derrière moi. Arrivé devant l'unique fenêtre accessible, je sortis mon katana.

2 – Le sang salvateur

À coups de sabre, je cassai le volet de bois. La chaleur était telle que je ne pouvais plus rien toucher. Au fil des coups, je demandais pardon à mon arme, à ma lame, à mon âme. Mon katana et moi ne formions qu'un. Cette fusion était totale, divine.

Derrière moi, un cri de souffrance effroyable m'indiqua que la servante était en train de mourir. J'oubliai que je n'avais pas réussi à la sauver. Ma peau commençait à cloquer. Je lâchai le cri du samouraï à plusieurs reprises. Ce qi me donnerait l'énergie et la bravoure. Je ne devais pas céder. Combattre jusqu'à vaincre ou périr.

Soudain, le bois fut arraché. Totalement ahuri, je me trouvai face à un ours. Sa tête se terminait par une barbe tressée blonde. Un bras d'homme surgit subitement.

Qu'était-ce donc ?

Un yokai[2] ?

Je commençai à reculer une jambe malgré la

---

[2] Démon, esprit, fantôme, apparition étrange… Ne me remerciez pas, la leçon est gratuite.

morsure du feu qui grimpait déjà. Je serrais les mâchoires pour oublier.

La main de l'ours m'empoigna. Je fus propulsé à l'extérieur. Le choc au sol fut brutal et un gémissement de douleur m'échappa malgré moi. Autour de nous, le feu était contenu.

— Tiens le coup, jeune homme ! dit le démon.

Je n'eus pas le temps de réagir que je fus projeté sur son dos. Sa tête d'ours tomba sur moi. Un crâne rasé apparut, surmonté d'une tresse qui descendait sur sa nuque. J'étais estomaqué par cette vision.

Était-ce une bête, un homme ?

Mon esprit avait probablement été endommagé, tout comme ma raison avait dû brûler dans cet incendie. Je devais être en train de mourir pour mélanger ainsi ces terribles visions démoniaques.

Cette mi-bête, mi-homme courait à une vitesse vertigineuse. J'étais ballotté dans tous les sens. Ma jambe me faisait tellement souffrir que je craignais d'en avoir perdu une partie dans l'incendie. Je savais déjà que ce n'était pas la seule blessure grave que j'avais, mon corps meurtri sonnait l'alarme en moi.

Je gémissais de douleur à chacun de ses pas. La bête m'emmenait au travers des ruelles en feu. Puis nous fûmes rapidement dans la campagne. La lumière des incendies diminuait autour de nous. La vitesse de ce yokai créait une légère brise qui attisait mes souffrances. Je retombai dans l'obscurité. Je me précipitai dans les ténèbres.

Avais-je peur ? Je n'osais regarder. Je ne devais pas noircir mon karma.

Tout à coup, de l'agitation autour de moi m'alerta. Étaient-ce les démons qui m'emmenaient déjà ? J'étais trop faible pour tenter de les apercevoir.

— Maître, il agonise !

— Je sais, Miguel, mais il n'est pas trop tard. L'abri pour la journée est-il sûr ?

— Oui, Maître !

J'étais effaré par ces démons qui discutaient entre eux comme des hommes. Ils connaissaient ma langue. Je suffoquais. Mon cœur tambourinait dans ma poitrine, donnant l'alerte de la mort qui arrivait à grands pas. Une seule inquiétude perdurait : avais-je été suffisamment un bon samouraï pour ne pas revenir hanter les miens ?

Les lumières de l'incendie étaient bien loin maintenant. Soudain, même la lumière des étoiles disparut. Les yokais couraient autour de moi, m'emmenant profondément sous la terre au travers de galeries naturelles.

Tout à coup, la douleur abdominale s'allégea. Je compris que j'étais allongé sur le dos.

— Il deviendra l'un des nôtres ou il disparaîtra ! affirma l'ours.

Sa phrase à peine achevée, une douleur fulgurante me transperça la gorge. Loin de la coupure du sabre qui était fine, rapide et vous décapitait en un seul coup de poignet, là, quelque chose me déchiquetait la peau, les chairs. J'étais trop faible pour me débattre. Je ne pouvais que me résigner à subir. J'entendis des glouglous. Je pris soudain conscience que je me vidais de mon sang. Puis quelque chose lapa mon cou, enfin ce qu'il en restait. Mon énergie vitale me fuyait. J'étais terrifié à l'idée de ne pas trouver la paix. Cette mort n'était pas annonciatrice d'une bonne destination.

Subitement, je réalisai que l'ours me dévorait. Ma frayeur grandit encore, s'emparant de la moindre parcelle de moi. J'avais échappé aux flammes pour être dégusté par un démon. Je tombai dans les affres de l'enfer. Mon âme était définitivement perdue. Une souffrance intense s'empara de moi.

Pourquoi tous ces efforts pour respecter la voie du guerrier me conduisaient-ils à l'échec ?

Où avais-je failli ?

Une larme solitaire s'écoula le long de ma tempe, puis se perdit dans mes cheveux.

La mort rôdait. Je la sentais autour de moi, en moi. Elle me recouvrait de son aura glaciale, séduisante. Je ne pouvais lui résister. Je rendis les armes.

Au moment où je croyais que c'était fini, un liquide coula entre mes lèvres asséchées par ces deux jours terribles d'incendie. Cette liqueur m'était inconnue. Mélange de sucre ferreux ; je ne pouvais accueillir ce rituel satanique. Toujours dans l'obscurité la plus totale, je ne comprenais pas ce qui se passait. J'observais, spectateur inerte, sans force, déjà mort, il ne pouvait en être autrement. J'attendais avec courage que le processus de mort s'achève enfin. Si j'avais pu le faire moi-même en m'ouvrant le ventre comme le voulait le rituel, j'aurais mis fin à mes jours avec honneur afin de rester loyal à mes traditions. Malheureusement, je n'avais plus la force de bouger même le plus petit de mes doigts. Le liquide s'écoula le long de mes joues sans que j'en avale la moindre goutte.

— Bois ! tonna l'ours.

Par réflexe, je déglutis et reconnus immédiatement le goût du sang. Mes yeux s'écarquillèrent. Je connaissais bien ce liquide. Un samouraï ne pouvait combattre sans le faire couler. Toute bataille se terminait même par la décapitation du vaincu. Selon le rang de ce dernier, soit je ramenais la tête à l'empereur, soit je l'offrais à la famille pour qu'elle puisse faire honneur à ce grand guerrier qui venait de tomber.

Mais ce sang qui coulait dans ma bouche n'était pas humain. Je n'avais pas de repère, n'ayant jamais été au contact d'un ours. Interdit, je continuai d'avaler ce liquide presque sucré. De la peau fine comme celle d'un homme était posée sur mes lèvres. Chose curieuse, ce membre me paraissait froid comme la mort.

Alors que cette dernière m'accueillait auparavant en son sein, je me sentais petit à petit comme rejeté. Elle s'éloignait, se retirait comme si elle ne voulait pas de moi. Je tombais dans un puits sans fond. La détresse s'empara de moi. Qu'allait devenir mon âme ?

La chute vertigineuse s'arrêta subitement, comme elle avait commencé. Un moment de flottement dans l'espace et le temps. Tout s'arrêta. Un choc secoua mon esprit. Une idée venue de nulle part. Je ne pourrais plus me réincarner. Mon âme serait perdue à jamais. Cette seule pensée me déchira le cœur. Intérieurement, je pleurai. Je m'en voulus d'un tel apitoiement sur mon propre sort.

C'est alors qu'un phénomène étrange s'opéra.

Autre chose revenait en moi. Ce n'était pas la vie, non ! Quelque chose d'autre courait sous ma peau et envahissait petit à petit mon corps. Un influx nerveux fit bouger mon pied sans que je le contrôle. Je m'attendais à ce que l'autre bouge de la même façon car la chose s'emparait de mon autre jambe. Mais non, rien. Je me rappelai alors que j'avais probablement perdu ce membre dans l'incendie. Mes doigts bougeaient maintenant comme s'ils étaient commandés par une autre entité.

Le yokai s'emparait de moi, j'en étais maintenant certain. Quand il atteignit mon esprit, un arc lumineux vrilla dans ma tête. Je ne voyais plus, n'entendais plus. Je ne sentais plus rien. Même la souffrance avait été éradiquée. Je n'étais plus. Je disparus dans un dernier soupir.

***

J'ouvris les yeux d'un seul coup. Je bougeais les mains, les pieds... J'avais de nouveau mes deux jambes, je les sentais jusqu'à la pointe de mes orteils. Je n'y croyais pas. Pourtant, je me redressai d'un seul coup, debout, vaillant, surpris d'être dans un tel état.

J'y voyais clair comme en plein jour dans cette grotte obscure. Autour de moi, les démons. D'instinct, je posai mes mains à ma ceinture pour empoigner mes sabres. Ces derniers avaient disparu.

J'observais le moindre détail pour déceler les dangers.

Face à moi le mi-ours, mi-homme montrait des signes d'apaisement avec ses mains. Je rugis telle une bête pour l'éloigner et lui montrer le risque que je représentais. Le son qui sortit de ma bouche m'arrêta net tant je ne reconnaissais pas ma voix. Je scrutai en mon intérieur tout en restant sur mes gardes face à ces êtres maléfiques.

Qu'étais-je devenu ?

J'étais différent.

Ma gorge me chauffa immédiatement. Mes dents m'étaient étrangères. Deux d'entre elles m'égratignaient la bouche. Je salivais comme une bête enragée. Interdit, je reculai. Mes mouvements étaient si rapides que j'avais dû rêver avoir bougé. J'étais dur à l'entraînement et la hargne de toujours réussir m'avait donné ma force et ma vélocité. Là, c'était autre chose, un homme ne pouvait être aussi rapide.

— Eiirin, appela l'ours.

Je cillai, ne comprenant pas qu'il me connaisse.

— Tout va bien ! Je t'ai sauvé la vie ! insista-t-il.

J'avais beau regarder en moi, je ne sentais plus la même chose qu'avant. Même mon cœur, je ne le reconnaissais pas.

Je rugis à nouveau dans une totale incompréhension.

— Que m'est-il arrivé ? demandai-je, désarçonné.

Seul l'ours continuait de s'approcher. Ses démons restaient en arrière.

— Tu es un buveur de sang maintenant... C'était la seule possibilité pour te sauver.

J'avais beau réfléchir, je ne comprenais pas. Je ne connaissais pas ces « buveurs de sang ». Ma langue claqua dans ma bouche, attisant la douleur de ma gorge. J'avais soif.

Je vis l'ours mordre l'intérieur de son poignet. Le fumet de son sang activa davantage ma faim et je me précipitai sur lui. Ce dernier tendit son bras et je bus à sa source. Son sang était délicieux. Il me revigorait et étanchait ma soif, nourrissait ma faim. Soudain, c'était naturel de m'alimenter ainsi. Je compris en cet instant que j'avais radicalement changé. Je m'étais toujours cru mort, mais qu'étais-je donc maintenant ?

Tout à coup, les démons nous entourèrent, mettant fin à mes réflexions. Je grognai malgré moi, les mettant en garde de ne pas trop m'approcher.

— Tout doux...

Le ton de l'ours était bienveillant et sa main caressait ma tête comme on apaise un enfant... ou une bête. Alors, c'était ce que j'étais devenu, un animal ?

Ma gorge s'adoucit, a contrario mes sens s'aiguisèrent davantage.

— Tu as assez bu, annonça l'ours.

Les yokais empoignèrent mes bras pour me faire reculer. Pourtant, ils n'y mettaient aucune violence. Mon esprit était engourdi... Par le sang peut-être ou par autre chose. J'étais hagard, mais en paix avec moi-même.

Ils m'invitèrent à m'asseoir à même le sol de la grotte, l'ours face à moi et les démons autour. J'attendis, impatient de comprendre, impatient de saisir ma nouvelle condition. En attendant, je restais imperturbable comme je l'avais appris.

— Cela fait un moment que je te connais, Eii-rin. J'ai observé tes habitudes... Sensei. Je suis fasciné par tes traditions. J'ai simplement atten-du un moment propice pour t'amener à nous. Je n'enlève la vie qu'en dernier recours...

Je méditai ses paroles. Je n'étais pas sûr d'en saisir le sens.

— Qu'êtes-vous donc ?

— Un buveur de sang, comme toi maintenant, mais avant j'étais un guerrier redoutable, un homme tout comme toi... J'étais un Viking. Je me nomme Alrik. Je suis le maître de ce clan.

Je ne comprenais rien. Je ne connaissais ni ce genre d'homme ni ce genre de créatures. J'avais beau chercher des repères dans mon savoir, je n'en trouvais pas. Mon maître était mon empereur, c'était à lui que j'avais voué ma vie. Pourquoi étais-je avec eux ?

— Nous sommes un clan de buveurs de sang. Nous avons nous aussi des valeurs pour guider notre chemin. Maintenant que tu es des nôtres, nous aimerions que tu partages ta sagesse et tes traditions avec nous !

Tandis que je tournais la tête, tentant de comprendre, tous me regardaient avec respect. Ils avaient tous les cheveux ou la peau de couleurs différentes. Ces buveurs de sang venaient de contrées bien lointaines. Aucun ne me ressemblait.

J'étendis mes doigts, tournai mes poignets, curieux d'avoir retrouvé une telle mobilité alors que je m'étais cru mort. Je cherchais des réponses satisfaisantes pour poursuivre ma voie.

Soudain, les souvenirs affluèrent. Ces terribles heures à lutter contre les flammes envahirent mon esprit.

— Combien de temps ai-je perdu connaissance ?

— Trois jours.

— L'empereur ! dis-je en me levant brusquement.

Tous m'imitèrent. Ils étaient grands et bien bâtis, probablement des guerriers redoutables. Leur attitude était amicale, même s'ils restaient aux aguets.

— L'empereur va bien ! Il est toujours à la campagne en sécurité. Mais tu ne peux pas retourner auprès de lui. Pour lui, tu es mort !

— Impossible ! tonnai-je.

Même de mon vivant, je m'étais toujours considéré comme mort puisque je lui avais donné ma vie.

— Tu dois rester avec nous maintenant. Tu dois adapter ton régime alimentaire et tu ne pourras sortir que la nuit. Tu as bien des choses à découvrir… Tu verras, un nouveau monde s'ouvre à toi.

Au goût du sang sur ma langue, je repensai immédiatement à ce que je venais de boire. Même si au fond de moi je sentais qu'il disait vrai, j'avais besoin de m'en assurer.

— Je vais me nourrir uniquement de sang maintenant ?

Tous acquiescèrent. J'en étais dégoûté. Étais-je pire qu'un yokai ?

Je pris enfin conscience que mon destin avait radicalement changé et à jamais. Je ne saisissais pas encore ce que j'étais exactement, mais je sentais une nouvelle force. Un potentiel immense courait dans mes veines. Les pensées se percutaient dans ma tête comme jamais.

Un nouveau souvenir m'ébranla. Une urgence s'imposa dans mon esprit, me faisant oublier tout le reste.

— Et ma famille ?

— Miguel est allé voir la nuit dernière. Les incendies sont éteints, mais ta famille n'a pas survécu.

— Impossible ! Mon père est un valeureux bushi ! Je dois y aller, annonçai-je, fébrile.

— Nous allons t'accompagner, Eiirin, tu pourras voir par toi-même.

3 – L'honneur jusque dans la mort

Nous étions arrivés sur les lieux du drame en courant plus vite qu'à dos de cheval. J'étais dans un nouveau corps. Je sentais courir une énergie hors du commun dans mes veines. Était-ce le qi dont j'avais particulièrement conscience ?

Hélas, je n'avais pas eu le temps de me poser davantage de questions. Mon domaine familial était parti en cendres et vraisemblablement ses habitants avec. Mes sœurs, toutes mariées, résidaient avec leur famille chez mes parents. J'avais été le seul à prendre place au palais. Je n'avais ni compagne ni enfant.

Il faisait nuit noire et pourtant j'y voyais comme en plein jour. L'odeur de brûlé m'égratignait les narines. Jamais je n'avais été aussi indisposé. Tous mes sens étaient décuplés. Je peinais à me concentrer car trop d'informations de toutes sortes m'arrivaient, que ce soit par mes sens ou par mes pensées désorganisées.

Alrik et quelques buveurs de sang m'accompagnaient au milieu des décombres. Je reconnus la dépouille calcinée de mon père à sa ceinture. Son katana reposait au sol, rongé par le feu. Les restes de sa dépouille étaient charriés par le vent. Ses cendres s'envolaient. Je m'agenouillai devant lui, priai pour son âme, afin qu'il rejoigne l'autre monde. Il avait été un grand guerrier. Il m'avait tout appris. Les yeux humides de tristesse, je me relevai pour tenter de trouver le reste de ma famille.

Agité par la crainte de retrouver les miens, je circulais dans les décombres, accompagné de l'ours. Il avait remis sa peau de bête sur le dos. Je sentais un grand détachement en lui, une grande maîtrise. Son état d'esprit m'aidait à avancer. Personnellement, j'avais hâte de retrouver les miens, mais si peur de découvrir leur dépouille.

Nous entrâmes dans l'ancienne bâtisse. Je luttais pour ne pas tomber dans l'anéantissement au vu du désastre. Tout était parti en cendres et le yokai avait raison : nul ne pouvait avoir survécu.

Alrik m'avait informé que l'incendie avait ravagé Edo pendant trois jours et trois nuits. Je scrutais le moindre recoin de ce qu'il restait du rez-de-chaussée. Une partie des murs n'était plus.

Soudain, un faible gémissement s'éleva dans la nuit silencieuse. Je me retournai et me précipitai. Je découvris ma plus jeune sœur. Elle était vivante.

— Yukimi-chan[3], appelai-je en tombant devant elle.

---

[3]   Petite sœur.

Un son douloureux sortit de sa gorge. Elle remuait difficilement ses lèvres desséchées. Une de ses paupières se leva et son œil se tourna vers mon visage.

— Eiirin-ani[4]...

Son murmure souffreteux me comprima la poitrine. Elle était encore en vie certes, mais tellement imprégnée de la mort. Les larmes brouillèrent ma vue instantanément. Malgré tout, je la scrutai et fis immédiatement le bilan que je ne pouvais pas la sauver avec nos médecines traditionnelles. Il était même incroyable qu'elle respire encore.

Je me tournai subitement vers Alrik.

— Il faut la sauver !

Ma requête était douloureuse car je ne voulais pas la perdre. Je ne mesurais pas bien ce que j'étais devenu mais l'ours avait un grand pouvoir de guérison. J'étais différent mais en quelque sorte je vivais.

Ma plus jeune sœur venait me voir en cachette de mon père. J'avais eu une éducation très stricte. Mon père m'avait arraché aux bras de ma mère dès l'âge de 3 ans. Pour devenir un grand samouraï, il fallait quitter toute forme d'attachement. Il m'avait établi à l'écart de ma famille. Je les voyais toutes pendant les repas familiaux. J'étais le seul garçon. Mon père m'avait appris tous les arts du combat et de l'esprit sain dans un corps sain. Pour forger mon mental et mon corps, je leur

---

[4]   Mon frère aîné.

avais fait subir tant de choses. Mais sous le goût de l'effort inculqué par ce grand bushi, le courage avait pris racine, loin des bras tendres au bord de la chaleur confortable d'un feu.

Quand Yukimi était arrivée dans notre famille, je n'avais que 5 ans. Elle avait été immédiatement attirée par moi. Dès qu'elle avait pu marcher, elle avait trouvé mon repaire pour réclamer des témoignages d'affection. Au début, je l'avais repoussée durement. Je n'avais pas le droit de m'attendrir. Puis j'avais accepté petit à petit ses démonstrations. Elle était vaillante et tenace. Dès qu'elle avait su parler, elle m'avait témoigné des mots doux et des encouragements. Ce petit bout de fille était extrêmement clairvoyant et inébranlable. Je m'étais longtemps demandé si elle ne portait pas l'âme d'un dieu pour me protéger. À défaut, c'était un véritable bushi qui l'habitait. Au fil des années, elle m'apportait en cachette une étoffe plus épaisse pour dormir ou une ration de viande supplémentaire. Yukimi était devenue ma bénédiction. Alors, quand elle avait été en âge de s'unir, j'avais pris un soin particulier à choisir avec mon père un samouraï digne de ce nom pour elle. À cette époque, les femmes apprenaient encore les rudiments du combat pour défendre leur famille. Elles étaient encore l'égale de l'homme.

Alors, découvrir son état me fit un choc. Je n'étais pas surpris qu'elle soit encore en vie, tellement elle était résistante et courageuse. Son agonie m'envoya un élan de souffrance tel que je n'avais pas l'habitude de ressentir.

— Alrik, vous devez la sauver ! insistai-je, suppliant.

Ce dernier me scruta, fronçant soudain les sourcils.

— Ce n'est pas possible, Eiirin. Je ne transforme pas tous les moribonds. Je choisis soigneusement mes recrues !

Je jetai un œil à cet ours impassible. Il se redressa, inébranlable, sous mon regard.

— Elle mérite de vivre !

Il regarda ma sœur. Cette dernière avait refermé son œil. Son souffle erratique était calme.

— Quand bien même, c'est trop tard !

— Mais il faut essayer. À quoi cela sert-il d'avoir un si grand pouvoir si vous la laissez mourir, Alrik-dono[5] ?

J'étais dans une totale incompréhension. Je ne savais pas comment il m'avait sauvé de la mort. Je comprenais seulement que je ne verrais plus la lumière du jour et que ma nourriture serait uniquement du sang. Je n'avais pas eu le temps d'en saisir toutes les conséquences puisque nous nous étions précipités ici. Néanmoins, si le processus avait fonctionné pour moi, il transformerait assurément ma sœur en bête de la nuit.

— Non !

Soudain, ma colère monta. Je n'avais pas l'habitude de cette émotion. Elle me dévasta complètement. Je me sentais perdu. Pourquoi étais-je

---

[5]   Titre honorifique, utilisé au temps des samouraïs, pour une personne haut placée ou de grande valeur.

encore de ce monde ?

— Je suis ton maître, maintenant, en raison de notre lien de sang, tonna Alrik. Tu ne peux rien exiger de moi.

Je le regardais, totalement éberlué. Ses yeux hypnotiques m'engourdissaient l'esprit.

— Je t'ai choisi car tu étais encore un des rares samouraïs à cultiver les valeurs des bushis. J'attendais beaucoup de toi et tu pleurniches sur ta sœur ? N'as-tu pas appris le détachement ? Ne sais-tu pas que les émotions sont la source de nos tourments ?

Je vis alors les images dans sa tête, ou les mots, je ne savais pas trop, peut-être même une voix que je ne reconnaissais pas comme la mienne. Ce maître me suivait depuis plusieurs semaines. Chaque nuit, il m'épiait dans mes activités nocturnes. Ne pouvant plus m'entraîner dans la journée, je le faisais davantage le soir, une fois déchargé des missions de l'empereur. Je méditais aussi beaucoup pour prendre du recul sur le tournant que prenait ma vie, malgré moi. Je n'avais pas d'autre choix que d'obéir.

Je baissai la tête devant Alrik, pris en faute. Il avait entièrement raison. J'avais travaillé tant depuis mon enfance pour rester imperturbable, me préparant aussi bien à perdre les miens que ma vie. Je n'avais pas soupçonné être aussi attaché à ma plus jeune sœur. J'étais choqué par mon volcan émotionnel qui allait totalement à l'encontre de mes valeurs.

— Eiirin, tu peux l'aider à partir avec honneur... me souffla Alrik avec bienveillance.

Je sentais ce lien avec mon nouveau maître au plus profond de moi. Celui-ci avait entièrement raison. Qui étais-je pour lui imposer quelque chose alors que je ne m'étais jamais appartenu ?

Je vis soudain tous les espoirs qu'avait Alrik en moi. Il voulait comprendre l'art de la guerre des samouraïs. Il voulait saisir notre état d'esprit particulier qui faisait que tout glissait sur nous. Il attendait tellement de moi. Je voyais aussi sa bienveillance, sa soif d'apprendre, mais également le fait qu'il n'hésiterait pas à se débarrasser de moi si je ne lui apportais pas satisfaction. Je n'avais pas peur de disparaître à jamais. Je vis seulement la possibilité d'avoir une grande mission. Une qui dépassait toutes celles que j'avais pu avoir jusqu'ici. J'étais né pour être au service des autres. Il attendait de moi que je forme son clan à l'art d'être un samouraï. Cette créature était fascinée par ma culture. Je pouvais renaître de mes cendres et poursuivre avec tout ce que j'avais été. Cette mission, je l'acceptai.

Étant toujours agenouillé, je me tournai davantage vers Alrik. Je posai les mains devant moi et me courbai, posant mon front au sol en signe d'allégeance. Ma sœur était perdue mais je pouvais l'aider à partir dignement.

Alrik acquiesça.

Je m'installai de nouveau face à ma sœur et je la saluai. Je la baignai de tout cet amour caché profondément en moi, à mon insu. Il éclatait maintenant et je lui faisais ressentir toute l'importance qu'elle avait eue dans ma vie. Étant femme de samouraï, elle avait droit à une mort dans la tradition de ceux-ci. J'avais laissé son mari près de l'empereur il y avait quelques jours. Je ne savais pas s'il était encore en vie. Pourtant, une chose était sûre : s'il l'avait été, il serait venu ici, prendre des nouvelles de son épouse et il ne l'aurait jamais laissée dans cet état. Un samouraï ne courait aucun risque avec son karma. C'était le seul moyen de trouver une mort paisible et d'espérer le repos de son âme. J'en conclus qu'il était mort lui aussi.

Alors, je me devais de rendre à ma chère sœur tous les égards dus à son rang, tout l'honneur qu'elle méritait.

Je me penchai sur elle, effleurant sa joue noire de mes lèvres une dernière fois. Une pression comprima ma poitrine, malgré moi. Je me devais de rester fidèle à nos valeurs de bushis. Je fis appel à ma grandeur d'âme afin de lui amener toute la paix nécessaire à son départ.

— Yukimi-chan, je vais t'aider à partir avec honneur...

Son léger mouvement de paupière m'indiqua qu'elle m'avait entendu. Je scrutais le moindre signe sur son visage. Je devinai qu'elle aurait aimé sourire. Elle esquissa un mouvement de ses lèvres mais la douleur l'arrêta net. Une grimace apparut à la place subrepticement. Je la devinais soulagée.

J'attrapai son tanto à sa ceinture. En le sortant de son fourreau, je vis que la lame était toujours aussi aiguisée. Le rituel exigeait qu'elle se tranche la gorge pour rejoindre son mari dans l'au-delà. Ses mains étaient bien abîmées. Malgré tout, un léger signe de tête de sa part m'indiqua qu'elle était prête à une dernière souffrance pour achever son agonie. Je reconnaissais la vaillance de ma très chère sœur. Pour elle, je devais poursuivre ma voie de samouraï avec honneur.

Je refermai sa main sur le manche de son couteau. Je l'empoignai avec délicatesse et amour. Son bras, raide, eut du mal à monter jusqu'à sa gorge. La douleur de ma sœur était manifeste à la façon dont elle serrait les mâchoires. Je pinçai les lèvres pour me concentrer sur la dignité qu'elle ressentait en cet instant et ignorai sa souffrance.

L'effort qu'elle devait fournir saccada son souffle. Quand elle sentit sa lame appuyer sur son cou, j'arrêtai notre geste.

— Merci, Eiirin-ani... murmura-t-elle.

Je la saluai avec révérence. C'était un honneur pour moi de l'accompagner vers l'au-delà. Je sentis la tension dans sa main m'indiquant qu'elle était prête. Dans un geste commun, la lame trancha sa gorge.

Je pleurai sur elle tandis que son sang la quittait. Je ne pus empêcher mes épaules de se secouer sous mes sanglots. Je ne sais combien de temps se passa. Au bout d'un moment, je sentis la main d'Alrik se poser dans mon dos avec bienveillance.

— Allons-y, m'invita mon nouveau maître. Miguel n'a pas trouvé d'autres survivants.

Je me relevai, heureux finalement d'avoir assisté à ce moment douloureux : c'était un tel privilège pour moi.

Je me détournai sans plus un regard en arrière. J'avançai avec détermination. Une nouvelle voie m'attendait.

J'écrivis ces mots bien des années après les avoir vécus. Il me semblait que le temps ternissait ma mémoire. Il était temps que je me rappelle ce qui avait fait de moi ce que j'étais encore aujourd'hui. À ce moment-là, je n'avais pas compris l'importance de la voix de mon maître dans ma tête.

4 – Un dieu pour être sauvé

Paris, hôtel de Lauzun, 2020

Sortant de ces débuts ténébreux, je repris conscience de mon bureau autour de moi, de mon mobilier baroque et des corniches au-dessus de ma tête, qui encadraient des anges songeurs.

Je replongeais dans mon passé pour analyser mes débuts en tant que vampire. J'avais eu tant de chance d'avoir été transformé par ce Viking.

Alrik était une sorte de collectionneur. Il choisissait soigneusement ses nouvelles recrues en fonction de leurs valeurs et de leur culture. Il avait tant soif de connaissance. Ce Viking était né dans les terres froides à un moment où la comptabilité des naissances n'était pas systématique. Il ne savait pas à quel âge ni depuis quand il avait été transformé en buveur de sang.

Son maître l'avait vite laissé partir, une fois qu'il avait trouvé un nouveau but de vie. Celui qui l'avait transformé se disait être une sorte d'enseigneur[6]. Afin d'évoluer avec son temps, il choisissait soigneusement sa prochaine recrue afin

---

[6] *Celui qui enseigne.*

de bien comprendre les règles de la nouvelle époque dans laquelle il vivait. Si son élève devenait pacifiste comme il l'était lui-même, il lui apprenait à créer son clan et toutes les règles pour agir en secret et se fondre dans l'humanité, tout en la respectant.

Je me demandais si cet homme n'était pas un antique philosophe. La seule condition qu'il exigeait était de transformer peu de buveurs de sang et de ne pas lâcher de prédateurs dans la nature. À défaut du suivi des règles enseignées, ce maître supprimait son apprenti purement et simplement sans aucun état d'âme.

D'ailleurs, Alrik avait été surveillé une longue période, sans jamais véritablement parler avec son enseigneur une fois que ce dernier l'avait libéré de tout lien. Son maître était avant tout un solitaire. Néanmoins, comme ils partageaient la même passion pour les découvertes à travers le monde, ils avaient voyagé un moment ensemble. Cet ancien Viking était un excellent navigateur.

Au moment de ma rencontre, Alrik cherchait de nouvelles idoles. Il était persuadé d'avoir été abandonné par Odin quand il avait été transformé, puisqu'il n'avait pas rejoint le Valhalla. Il était passionné par nos discussions sur mon éducation, mes traditions, mon code d'honneur... Même s'il avait semblé impassible, il avait été très touché par la mort digne de ma sœur. J'affectionnais particulièrement nos conversations.

Alrik cherchait à s'éloigner des passions. Il jugeait qu'elles ne pouvaient que nous amener à notre perte. C'était pour cela qu'il m'avait choisi, espérant accéder à plus de tranquillité d'esprit. Il passait beaucoup de temps à observer les autres, humains comme vampires. Il semblait continuellement au spectacle, s'assurant que ses buveurs de sang se conduisent avec honneur et non en barbares sanguinaires. Si tel était le cas, il les éliminait, peu importait qu'il les ait créés ou recueillis. Il acceptait les brebis égarées si elles étaient capables de suivre ses règles à la lettre.

Alrik passait son temps à voyager et conclure des affaires pour les humains. Entre mon code d'honneur et sa faim de créer un monde meilleur, nous fûmes rapidement une équipe soudée. Fin stratège, je l'aidais à analyser les meilleures approches.

Il me fallut peu de temps pour former son clan à la voie du guerrier. Élèves assidus, ses buveurs de sang étaient exemplaires dans l'ardeur qu'ils mettaient à l'entraînement. Probablement que ces nouvelles capacités physiques extraordinaires n'y étaient pas étrangères. Le champ des possibles était immense.

Alors, je leur enseignai aussi bien l'art du combat au katana que la droiture, le courage, la bienveillance, la politesse, la sincérité, l'honneur et la loyauté. En vérité, j'avais des recrues hors pair. Des buveurs de sang, plus ou moins vieux, triés sur le volet par Alrik, très curieux, ne pouvaient former que de valeureux guerriers. Ils acceptèrent mon rôle avec empressement. Rapidement, tous m'appelèrent Sensei et me parlèrent avec le respect que je connaissais avant ma transformation. J'avais retrouvé tout l'entraînement et la méditation que j'étais en train de perdre avec le virage que faisait prendre l'empereur au Japon. Je n'en étais que plus reconnaissant envers mon nouveau maître. J'avais l'impression d'être de nouveau chez moi dans les anciennes valeurs du Japon, celles que ce dernier ne parvenait plus à conserver. Ce fut un soulagement énorme pour moi de retrouver pleinement la voie du bushido.

J'avais récolté quelques capacités extraordinaires au passage. Je voyais mes congénères exercer leurs dons sous forme d'une aura lumineuse. Chacun avait sa couleur. Nos entraînements n'étaient que miroitement d'éclats luminescents pour moi. Ils m'obligeaient à prendre encore plus de recul pour ne pas m'émerveiller devant un tel spectacle.

Et puis, j'étais devenu télépathe. Tantôt malédiction, tantôt bénédiction, ce pouvoir pouvait être un cauchemar quand les créatures autour de moi débordaient de pensées. Néanmoins, il nous avait sauvés à de maintes reprises. J'avais appris à m'enfermer afin de m'entendre penser moi-même quand j'en avais besoin ou quand j'avais besoin de calme, c'est-à-dire le plus souvent. Élément important : je n'entendais pas tout le monde avec la même précision.

Rapidement après ma transformation, je découvris la France. Je ne savais pas que ces terres deviendraient mon pays d'adoption. Alrik ne trouva pas un dieu à vénérer parmi les miens. Malgré tout, *la méditation et la voie du bushido lui apportèrent beaucoup. Rapidement, je devins son second, avec le respect de mon nouveau clan.*

Je feuilletai à nouveau mon journal pour avancer dans mon histoire et relire les passages qui m'aideraient aujourd'hui à faire face à mes nouvelles difficultés et retrouver l'équilibre indispensable pour garder les miens en sécurité.

***

Château de Versailles, 1670.

Après ma transformation, nous avions vite embarqué sur un navire du Roy de France. Nous voguions vers de nouvelles contrées. Avant de quitter ma terre natale, je nous avais équipés en katanas, prélevés dans la maison des samouraïs abandonnée. J'avais aussi réussi à sauver mon armure et mes deux Honjo Masamune. Ces reliques si chères à mon âme me permettaient de m'ancrer dans le temps et de me consacrer à mes dieux.

Notre premier voyage fut long pour arriver en France. Nous ne sortions des soutes que la nuit. Des humains naviguaient pour nous pendant la journée, assurant notre sécurité. J'étais très surpris que ces deux espèces s'entendent aussi bien, d'autant plus que l'une restait la proie de l'autre. J'appris à boire les humains juste ce qu'il fallait, comme tous mes compagnons. Je n'avais aucun problème à gérer ma soif. À croire que j'étais né pour être buveur de sang.

En échange de quelques gorgées, nous étions des protecteurs pour nos humains et leur apportions la promesse de vivre des aventures, de faire des découvertes hors du commun.

Notre long voyage fut rythmé par mes divers enseignements et de nombreuses escales. Des contrées toutes plus étranges les unes que les autres s'enchaînèrent. Alrik profitait de ses arrêts pour négocier des traités, faire des arrangements de toutes sortes. Je découvrais la diplomatie.

Le temps passa et quand nous arrimâmes notre vaisseau en France, j'étais déjà accompagné par de véritables guerriers.

Ma nouvelle résidence parisienne, l'hôtel de Lauzun, n'était faite que de dorures, de marbre, de boiseries. Les anges recouvraient les plafonds de toutes les pièces. Ces chérubins arboraient des visages tantôt songeurs, tantôt moqueurs. Je me sentais en permanence observé. Oublier cette désagréable sensation me demanda beaucoup d'efforts.

Enfin, j'arrivai à la cour dont Alrik m'avait beaucoup parlé. Le Roy Soleil était puissant et nos affaires délicates. Les intrigues étaient de plus en plus nombreuses. Louis XIV avait reculé les frontières pour agrandir son royaume, augmentant les oppositions religieuses. Alrik m'avait expliqué la situation complexe dans laquelle se trouvait le Roy.

Je filais au travers d'un passage secret en suivant mon maître jusqu'à ce que nous parvenions au bas d'un escalier. Cette nuit, j'allais rencontrer le Roy Soleil. J'en étais tout de même intimidé. Parfois, mon armure de samouraï se fendillait.

Nous montions tranquillement. Les jambes de mon kimono balayaient le bas des murs. Je gardais mes effets traditionnels, tout comme mes deux katanas à ma ceinture. Alrik avait adopté le sien et s'en servait à merveille. Il avait été un formidable élève, s'acharnant pour reproduire mes gestes parfaitement. Je n'en avais que plus de respect pour lui.

Une fois en haut de l'escalier en colimaçon, nous attendîmes derrière la porte dans l'obscurité que la voie soit libre. Le Roy était avec un conseiller. Le rai de lumière qui passait sous la porte nous indiquait les différents mouvements dans le cabinet royal. Nous devions le rencontrer seul.

Alrik était un habitué des roys de France et chargé de certaines de leurs affaires depuis bien longtemps. Louis XIV lui-même vint nous ouvrir, une fois seul.

— Chers amis !

Son sourire radieux était des plus accueillants. Je maîtrisais maintenant l'art de la télépathie. Je décodais aisément les pensées, même si certaines créatures restaient confuses pour moi. Je lisais Alrik comme un livre ouvert et je voyais tout le plaisir qu'il avait de cette rencontre.

— Louis, répondit Alrik en s'inclinant.

Il était très curieux d'admirer le respect qu'ils ressentaient l'un pour l'autre. Y avait-il plus puissant que ces deux-là en ce monde ?

J'étais surpris que mon maître appelle le Roy Soleil par son prénom. Cependant, il avait gagné cette faveur en le côtoyant depuis sa plus tendre enfance. Le Roy restait émerveillé par la stature et les capacités d'Alrik. Bien sûr, il savait exactement quel genre de créature nous étions, tout comme une poignée d'administrateurs de haut rang dans quelques contrées de par le monde.

— Cher Alrik, est-ce un véritable samouraï que vous nous amenez là ?

Je m'inclinai à mon tour en respect dû à son rang.

— Un véritable et valeureux samouraï en effet. Grâce à lui, mon clan est plus fort et nos affaires n'en seront que plus prospères.

Sa Majesté lissa sa fine moustache en méditant les paroles de mon maître.

— Parfait, nous ne pouvons que vous en remercier ! Nous n'avons guère de temps à vous accorder ce soir. Nos dissidents ne cessent d'intervenir dans nos affaires. Nous avons fait la promesse à un cher ami de sauver sa fille. Elle est à la cour... Malheureusement, en mauvaise posture. Vous allez la rencontrer tout à l'heure. Nous vous demandons de la protéger comme votre enfant, en attendant de la mettre à l'abri. Sa famille n'est déjà plus. Son père a eu un rôle primordial dans une de nos victoires. Il est important qu'elle échappe à un destin funeste pour le symbole qu'elle représente. Nous craignons malheureusement qu'elle se fasse poignarder dans un sombre couloir, ou pire encore, empoisonner par un de nos propres serviteurs.

— Bien sûr, Louis, nous ferons au mieux.

Je m'inclinai avec Alrik.

— Présentez-vous à l'île enchantée de ce pas, mes amis. Vous ne pouvez pas la rater. Janine est éblouissante et vous y attend !

Les yeux du Roy Soleil brillaient de mille feux. À ses pensées, je devinais que les désirs royaux dépassaient la simple promesse qu'il avait à tenir envers son défunt ami.

Après quelques consignes, nous repartîmes immédiatement, afin de rejoindre les jardins du château. Les fontaines de Versailles brillaient de mille feux. Cependant, l'éclairage à la torche nous était favorable car peu étendu. Il suffisait de s'éloigner de ces abords lumineux.

Nous n'avions pas besoin de nous poudrer pour avoir la blancheur exigée à la cour. Néanmoins, nos carrures atypiques et nos vêtements n'avaient rien à voir avec le style de l'époque et nous ne pouvions que nous faire remarquer.

Voyant comme en plein jour, nous recherchions les zones d'ombre pour rester discrets.

— Louis est connu pour son goût des femmes. Il a déjà une nombreuse progéniture qu'il a légitimée... Au grand dam de la reine, soupira Alrik.

Pour ma part, j'avais peu de relations intimes avec la gent féminine. Je ne la recherchais pas particulièrement. Lors de notre voyage et des quelques escales, Alrik m'avait fait découvrir quelques nuits de plaisir où mon exotisme était recherché. Je souris aux bons souvenirs que je pouvais garder de ces rares moments. Je restais un acharné de la voie des samouraïs. Je n'acceptais que peu de divertissements, au grand regret de mon maître.

Quand nous arrivâmes à l'île enchantée, les eaux bruissaient, les humains fardés riaient. Les serviteurs distribuaient des verres. Nombreux portaient une épée de cour comme l'exigeait la mode. Je soupçonnais que peu savaient s'en servir.

J'entendis les pensées véhémentes de deux gentilshommes qui n'avaient que Janine en tête. Ils semblaient en vouloir à sa famille et pressés d'en éliminer le dernier membre. J'en fis part mentalement à mon maître.

Pour toute réponse, Alrik hocha la tête.

— Qu'attend le Roy de nous ? demandai-je, inquiet à l'idée de la tournure que pouvait prendre la soirée.

— Je crains le pire, souffla Alrik. Nous allons rapidement le savoir... Je sais de source sûre que la comtesse détient des titres importants. Les affaires de sa famille pourraient nous être d'une grande utilité... Alors, patientons !

Une certaine excitation envahit Alrik. Il était curieux de voir ce que nous avaient fomenté ces humains. Je vis toutes les enquêtes que mon maître avait demandées sur les plus grandes familles, dont celle de Janine, et tout ce que cela pouvait apporter à notre communauté. Pour lui, c'était comme un jeu. Il suffisait de bien savoir placer ses pions au meilleur moment possible. Je restais sceptique, n'étant pas encore au fait de toutes les conspirations. Alrik était un puits de connaissance dans le domaine et un fin calculateur.

Je trouvai rapidement les deux lascars qui en voulaient à notre protégée. Ces derniers n'avaient d'yeux que pour une jeune femme riant à gorge déployée. Elle se faisait courtiser par un freluquet. Leur attitude à tous les deux m'irrita, ce qui se révéla immédiatement sur mon visage. Cette jeune femme ne me parut pas aussi naïve que le Roy l'entendait.

— Nous sommes en mission, Eiirin, me rappela mon maître pour me détendre.

Il avait raison. Si nous étions mandatés par Sa Majesté, nous devions mettre cette jouvencelle en sécurité.

Nous nous présentâmes immédiatement devant elle et nous inclinâmes.

— Pour vous servir, Mademoiselle la Comtesse de Carigan !

Le ton déterminé d'Alrik était suffisamment bas pour ne pas éveiller l'intérêt des fêtards autour de nous. Versailles était connu à cette époque pour offrir tous les plaisirs.

— Vous voilà enfin, Messeigneurs ! lança Janine en nous prenant chacun par un bras pour nous embarquer avec elle. Une affaire royale ! ajouta-t-elle à l'attention du freluquet en guise d'excuse, le laissant sur place, ébahi d'un tel comportement.

L'expression de la jeune femme avait totalement changé. Je sentis soudain la peur en elle.

— Je ne vous attendais plus, affirma-t-elle. Le Roy a-t-il trouvé un arrangement pour moi ?

Elle s'accrochait à nos bras comme à une bouée de sauvetage. Ses boucles blondes et son décolleté tressautaient au rythme de ses pas empressés.

5 – Des crocs acérés

— Nous sommes là pour vous servir ! affirma sereinement Alrik en regardant Janine, droit dans les yeux.

Je gardai pour moi que les affaires royales étaient bien plus complexes qu'il n'y paraissait. Louis devait ménager ses dissidents, et la promesse qu'il avait faite envers cette demoiselle serait compliquée à respecter. De plus, j'entrevoyais que les désirs royaux reposaient davantage sur les charmes de la descendante de son ami défunt que sur la loyauté envers son père. Avait-elle autant d'importance qu'Alrik le pensait ?

Janine fronça les sourcils.

— J'entends bien ! Cependant, mes terres m'ont été confisquées, et je ne peux pas résider à la cour trop longtemps... Mes ennemis sont nombreux. Je suis lasse de toute cette mascarade... Je ne peux rester seule sans périr.

Ce bout de femme nous emmenait vers le château. Un élément m'échappait. Ses anglaises blondes encadraient un visage soucieux. Sa jeunesse était à l'opposé de sa maturité en cet instant. Dans ses pensées, je lisais qu'elle était exténuée et que même si elle savait manier l'épée, elle ne donnait plus cher maintenant de sa vie.

Je restais impassible, ne comprenant pas trop ce que nous avions à faire ici. Alrik m'avait dit que nous n'étions mandatés que pour des affaires royales importantes. Où était l'importance dans cette histoire ? L'énigme était grande. Le Roy avait su savamment museler ses pensées.

Quand nous arrivâmes dans les appartements réservés à Janine, elle exigea que nous restions près d'elle. Sa peur s'était transformée en angoisse. Elle était persuadée de courir à sa perte. Elle faisait les cent pas dans la chambre richement décorée qui lui était attribuée. Elle transpirait à grosses gouttes pendant qu'Alrik tentait de la calmer. Ses paroles étant vaines, il commença à la manipuler. Le résultat fut instantané. Janine se dirigea vers le guéridon où reposait une carafe d'une boisson couleur pourpre. Elle s'en servit un verre et s'effondra dans un fauteuil. Il me semblait que c'était une liqueur, mais je n'avais pas sondé le contenu du flacon pour en être certain. Comme pour se soulager durablement et efficacement, elle avala son verre d'une traite.

Je regardai Alrik d'un air interrogateur pour connaître les actions à venir. Je n'étais ni chaperon ni nourrice. Mon maître leva les yeux au ciel devant nos échanges mentaux. Il avait l'assurance que la situation allait vite se décanter. Parfois, Alrik avait bien plus de patience que moi. Probablement que ses siècles d'observation n'y étaient pas étrangers.

Soudain, Janine se pencha en avant, gémissant.

Je m'approchai de la carafe pour l'évaluer pendant qu'Alrik soutenait Janine.

— Arsenic ! dis-je, ennuyé.

— Eh bien, voilà notre rôle ! annonça mon maître avec un grand sourire.

Il allongea Janine sur le lit. Le poison s'infiltrait déjà dans ses veines.

— Reste à ses côtés et garde-la en vie, elle peut devenir une formidable recrue ! souffla Alrik.

Il s'engouffra immédiatement dans un corridor secret, plus rapide qu'un coup de vent.

— Ne me laissez pas mourir... Vous leur donneriez raison ! geignait Janine.

Son corps se crispait sous l'assaut de l'arsenic. Je m'installai à ses côtés, prenant sa main délicate et tremblante. Elle s'y cramponna, rivant ses magnifiques yeux bleus aux miens. L'effroi, la colère et la défaite l'avaient envahie. Je voyais dans ses pensées confuses le combat de son père, sa famille qui avait vécu dignement... Leur honneur, que Janine voulait défendre après le massacre des siens. Pour autant, je ne voyais pas de vengeance. Elle était consciente qu'elle ne représentait plus qu'une marionnette à arborer pour le Roy ou ses dissidents. La politique avait pris le pas.

Plus je lisais ses pensées et plus Janine me faisait penser à ma plus jeune sœur. Un émoi me contracta la poitrine. Yukimi restait une sensiblerie dont je ne parvenais pas à me débarrasser malgré les années passées.

Le courage et la détermination de Janine étaient admirables chez une si jeune femme élevée dans les intrigues de la cour. Il était bien triste qu'elle se croie en train de mourir. Elle ignorait tout des desseins de Louis à son encontre.

Soudain, Alrik revint, accompagné du Roy. Ce dernier était tremblant de chagrin. Je me relevai pour lui laisser ma place. Janine lâcha ma main à contrecœur, de peur d'être abandonnée. Elle sourit malgré tout quand Sa Majesté se jeta à ses côtés.

— Très chère, nous allons vous sauver !

Mon maître hocha la tête devant la manipulation royale évidente. Il savait que Janine mourrait tôt ou tard. Soudain, je devinai à ses pensées qu'il avait lui-même organisé l'empoisonnement. Je lisais clairement dans son esprit qu'il avait même négocié la date et l'heure en promettant que cette descendante gênante disparaîtrait à jamais. Bien sûr, il avait omis que la demoiselle ne vivrait plus que pour le Roy. Il préférait la transformer en buveuse de sang et la garder pour son bon vouloir.

Je passai ces informations à Alrik et ce dernier acquiesça. Il était heureux d'avoir une telle recrue devant le potentiel que représentait Janine dans nos affaires parisiennes. Pour ma part, je ne devinais pas les futures spécificités extraordinaires. En revanche, je pouvais sonder les âmes et les pensées. Seuls ces éléments m'intéressaient pour donner mon avis à mon maître. Janine avait toutes les valeurs lui permettant de s'intégrer aisément dans notre clan.

Alrik m'étudiait, attendant mon évaluation. Je hochai la tête pour donner mon assentiment.

Le Roy n'avait rien vu de notre échange. Il était pressé de sauver sa nouvelle lubie. Son visage montrait toute son anxiété. Il craignait que nous refusions.

— Sauvez-la, chers amis, insista-t-il. Vous seuls en avez le pouvoir !

Alrik acquiesça.

— Nous devons faire vite, Louis, mais Janine ne pourra pas rester auprès de vous à la cour.

— Nous ne le savons que trop bien ! Nous osons espérer pouvoir la visiter à Lauzun selon notre bon vouloir.

L'incertitude dans les paroles du Roy résonnait comme une supplique. Alrik hocha la tête pour donner son accord. Il en serait selon les désirs de Sa Majesté.

— Partez vite, mes amis ! Emmenez-la à Lauzun avant que le poison ne fasse son œuvre et faites ce que vous avez à faire. Nous vous en serons plus que reconnaissant !

Nous enroulâmes Janine dans la riche étoffe qui recouvrait le lit. Louis nous observa partir, la larme à l'œil. Nous étions pressés. D'une part, la nuit était déjà bien avancée et d'autre part, le poison courait dans les veines de sa victime.

— Promettez-moi de nous informer dès que Janine sera visible !

J'empoignai délicatement notre bagage à l'agonie et je m'engouffrai dans le corridor étroit.

Le Roy nous escorta jusqu'à la calèche préparée soigneusement pour notre fuite. Il nous observa partir pendant un moment. Je vis l'un de ses valets l'inviter à rentrer.

— Il avait tout prévu, dis-je à Alrik.

— Oui !

— Il avait bien caché ses pensées !

— Louis est très fort, conclut Alrik, avec la fierté d'un père dans le regard.

— Et si elle n'avait pas eu d'intérêt pour notre communauté ?

— Alors, elle n'aurait pas survécu à la vampirisation ! avoua-t-il en haussant les épaules.

Je souris, reconnaissant bien là mon maître, intraitable. Ses décisions reposaient sur ses valeurs. Pour l'instant, je ne l'avais jamais vu en déroger. Après tout, Louis avait beau être Roy de France, il n'était qu'un humain dont les années étaient comptées !

Janine survécut à la transformation.

***

Chine, 1725

Une nouvelle mission nous attendait.

Le nouveau Roy de France était inquiet. Le trafic d'une drogue puissante s'intensifiait et gagnait du terrain, si bien que la France, mais aussi toute l'Europe, commençait à être sérieusement gangrenée.

Nous voguions de nouveau sur les mers avec l'astucieuse boussole d'Alrik pour nous approcher de ma contrée natale. Notre destination était plus précisément la Chine et nous comptions même y pénétrer par son plus grand fleuve.

Mon maître était un fin stratège et un grand espion. Nous nous enfoncions déjà dans les terres hostiles, cherchant un lieu sûr pour pouvoir débarquer. Nous ne savions pas trop à qui nous avions affaire dans cette histoire de narcotique, même si Alrik pensait que quelques créatures surnaturelles se cachaient derrière ce trafic.

La prudence était de rigueur. Notre navire étant plus petit, pour pouvoir nous engager dans le fleuve, nous n'étions qu'une trentaine pour enquêter, moitié humains, moitié vampyres. Nous avions maintenant une nouvelle appellation qui supplantait buveur de sang. Ma foi, je trouvais vampyre plus élégant. Cependant, il ne changeait absolument rien à notre régime alimentaire ou nos pouvoirs extraordinaires. Le sang restait vital pour nous. Notre clan s'accommodait parfaitement bien de cette situation puisqu'Alrik n'acceptait aucun débordement et choisissait toujours aussi précautionneusement ses adeptes.

Pour l'heure, nous avions laissé notre embarcation en contrebas avec une partie de l'équipage. Le fleuve devenait trop agité. Notre maître avait jugé plus prudent de nous arrimer à même les rochers de la montagne.

Nous étions une poignée de vampyres à gravir la roche à mains nues. Notre force herculéenne nous permettait d'accomplir des actions qu'aucun humain n'aurait pu exécuter. Le blizzard soufflait au milieu de ce ravin. La lune était pleine.

Nous n'étions pas là par hasard. Nous avions eu vent du fait qu'au-delà de ces montagnes, nous pourrions trouver les mécréants qui faisaient du commerce avec ces barbituriques soi-disant calmants. L'opium régnait en maître. Avant de commencer ce voyage, j'avais déjà pu constater les méfaits dans les cercles de philosophes, poètes ou même de politiciens.

De tout temps, les hommes s'étaient adonnés à des plantes agissant sur l'esprit. Je n'avais jamais constaté qu'elles agissaient sur la clarté ou avaient un quelconque pouvoir d'aide à la décision comme certains l'affirmaient. En revanche, l'excès n'entraînait que des problèmes pour le consommateur, mais aussi son entourage. Fort heureusement, les vampyres échappaient totalement aux effets de ces plantes. Nous étions redoutablement immortels.

Nous fûmes vite en haut de cette muraille verticale. Mes mains en sang cicatrisaient déjà. Je m'émerveillais encore de ma puissance, de mes nouvelles capacités psychiques ou de mes pouvoirs de guérison. Mon maître était un bienfaiteur et nous agissions pour les intérêts de la France la plupart du temps. Cette préférence remontait aux connaissances de toujours d'Alrik. Il avait lui-même débarqué en France avec d'autres Vikings quand il était encore humain. J'avais cru comprendre que la conquête avait été sanglante, même s'il ne m'avait pas conté tous les détails. Il avait d'ailleurs été transformé à Paris.

Notre carte grossièrement définie et la boussole d'Alrik nous indiquèrent la direction à prendre. Nous n'avions pas de temps à perdre. Les maigres indices nous guidaient sur cette montagne glaciale.

Nous écoutions le moindre bruit et progressions dans un silence absolu. Nous évoluions juste en dessous de la ligne de crête, nous protégeant ainsi des coups de vent et des créatures qui pourraient nous découvrir.

Soudain, le vent charria jusqu'à nous des rugissements bestiaux.

« Des loups-garous », nous indiqua mentalement Alrik.

Pour ma part, je n'en avais jamais vu. La plupart du temps, nous restions loin les uns des autres, tout comme des sorciers d'ailleurs. J'étais soudain curieux et une certaine excitation s'empara de moi. Je la muselai immédiatement afin de garder toutes mes capacités intactes.

Nous poursuivîmes de l'autre côté du versant, descendant un peu plus dans la montagne. Nous fîmes particulièrement attention d'arriver à notre destination sous le vent afin de ne pas nous faire repérer par ces bêtes féroces.

En contrebas, une forteresse imprenable s'érigeait sur une plate-forme naturelle. Des torches enflammées éclairaient une cour intérieure. La citadelle s'enfonçait dans la roche. Les murs extérieurs étaient un mélange de pierres et de bois solidement scellé. Notre vue aiguisée nous permettait de distinguer les différentes créatures. Nous étions encore loin. Je devinai cependant un combat entre un vampyre et un loup-garou. J'écarquillai les yeux de surprise.

Alrik nous fit un signe pour bifurquer. Il avait décelé un emplacement qui nous permettrait de nous mettre à couvert afin d'assister à ce triste spectacle, mais surtout d'en apprendre davantage.

Nous avions resserré les rangs. Miguel et moi encadrions notre maître, comme chaque fois que nous nous pensions en difficulté. Nos sabres étaient encore à notre ceinture. Mon kimono voletait au-dessus de la roche. Je me sentais particulièrement dans mon élément quand nous étions dans ce type de mission. J'étais serein, prêt à livrer combat pour sauver les miens, s'il le fallait.

Enfin, nous nous dissimulâmes pour mieux espionner nos potentiels ennemis. Nous étions au-dessus de la citadelle avec vue dégagée sur toute la vallée.

Un vampyre torse nu, une grande épée à la main, était déjà bien amoché.

Un loup énorme se tenait debout sur ses pattes arrière comme un homme. Il avait des espèces de pattes humaines qui se terminaient par des doigts pourvus de griffes acérées. Ces dernières étaient à elles seules une arme. Sa gueule s'ouvrait tellement grand qu'il aurait pu prendre toute la tête du vampyre pour la lui arracher.

Mes poils se hérissèrent comme si j'étais en présence d'un ennemi naturel. Malgré moi, la peur s'insinua en moi.

6 – Le Masque Noir

Je me repris immédiatement. Il n'était pas question que je cède sous la moindre émotion.

J'observai et compris immédiatement que nous avions affaire à une guerre de clans. Un groupe de vampyres souhaitait s'emparer de cette position au vu des cris qui étaient poussés. Le plus étrange était que les adversaires étaient un mélange de vampyres et de loups-garous. Néanmoins, les loups prédominaient en nombre. Cette curieuse alliance ne me disait rien qui vaille.

« Le clan avec les loups fait partie du Masque Noir », nous indiqua Alrik.

Enfin, j'étais en présence de cette puissance démoniaque. Une famille humaine avait réussi à fonder une dynastie mélangeant humains, vampyres et loups-garous. La descendance humaine était régulièrement sacrifiée pour être transformée en bête à crocs. Beaucoup n'y survivaient pas. L'intérêt du Masque Noir était avant tout personnel et allait à l'encontre des préceptes de mon maître. Ce dernier œuvrait aussi bien pour notre communauté que pour l'humanité. Le Masque Noir avait bâti un empire reposant sur l'enrichissement personnel et l'asservissement de toutes les créatures au profit de la dynastie.

Sous nos yeux, le combat était acharné. Chaque clan excitait son représentant, un vampyre contre un loup-garou, pour l'exhorter à plus d'agressivité. Le sort du territoire semblait reposer sur le vainqueur de ce combat. Finalement, il valait mieux cette option que déclencher une guerre.

Ces guerriers sautaient l'un sur l'autre dans une joute de violence inimaginable. Leurs capacités physiques en faisaient un combat irréel. L'un et l'autre échappaient régulièrement de justesse à un coup qui aurait pu conduire la victime à une mort certaine. Plus vifs que l'éclair, mes yeux suivaient chaque mouvement chaotique. Ils se battaient avec la force uniquement ; aucune stratégie, aucune technique ne les animaient. Je les voyais se fatiguer inutilement. Leur technique de combat était désorganisée. Ce détail tournerait à notre avantage en cas de rencontre fortuite.

Mon arrivée dans le clan Du Roy avait assis notre supériorité physique. Plus personne ne se frottait à nous car le peu de rencontres solitaires nous avait portés vainqueurs. Nos vampyres étaient devenus de fins stratèges et maîtrisaient toutes les subtilités du combat au katana sans le moindre effort. Les gestes qu'ils avaient répétés des milliers de fois avaient porté leurs fruits, nous apportant une certaine suprématie et donc une tranquillité d'esprit. Quelques embuscades avaient été organisées pour changer la donne, en vain. Malgré tout, nous restions sur nos gardes.

Soudain, les deux adversaires rebondirent sur les murs opposés pour s'élancer à nouveau dans les airs et se rejoindre sur la zone de combat. Ils semblaient voler l'un vers l'autre dans une puissance incroyable. Le fracas de leur rencontre fut accompagné de hurlements de douleur. En retombant à terre, le vampyre avait perdu le bras qui avait tranché la patte avant du loup. Ce dernier gémissait sur trois pattes, le bras du vampyre en travers de la gueule.

Je cillai de surprise, observant le corps du loup en train de convulser. Sa patte repoussait dans d'atroces souffrances. Un mélange de chair et d'os poussait et sortait par à-coups dans un magma sanguinolent. J'en avais la chair de poule.

Le loup se roulait par terre pendant que le vampyre allait ramasser son épée tombée au sol. J'étais stupéfait de voir cette bête se reconstituer. Ce ne serait pas le cas pour le vampyre. Un membre perdu l'était définitivement. Et concernant la tête, la décapitation était mortelle.

Autour des deux combattants, les adversaires se rebellaient en invectivant leur allié ou leur ennemi sur la tournure qu'allaient prendre les événements. Un brouhaha mi-homme mi-bête s'élevait jusqu'à nous.

Le vampyre leva son épée au-dessus du loup et d'un seul coup trancha la tête. Le corps du loup trembla dans une dernière secousse et s'arrêta net. Je constatai alors que la décapitation était mortelle pour cette espèce aussi.

J'observai, impassible, la suite à venir. Je n'en

avais jamais appris autant en si peu de temps.

Un rugissement tonna plus fort encore. Deux loups-garous sautèrent sur le vampyre vainqueur et l'exterminèrent en éparpillant tous ses membres aux quatre vents. L'honneur ne semblait pas faire partie de leurs valeurs puisque les termes du combat n'étaient pas respectés. J'en étais dégoûté.

Un déchaînement de violence sans nom éclata sous nos yeux. Tous rugirent pour asseoir leur domination. J'étais totalement éberlué par leur comportement. On aurait dit des bêtes sauvages. Aucune stratégie n'était mise en place, c'était la loi du plus fort. J'étais fasciné par une telle férocité.

« Les tonneaux de drogue semblent être là-bas », nous indiqua Alrik.

Comme un seul homme, nous rivâmes notre regard dans la direction du coup de tête qu'avait donné notre maître.

« Il faudrait en être sûr », indiquai-je.

Quand je me proposai d'aller vérifier, Alrik acquiesça.

Ces furies étaient tellement occupées à s'entretuer que je ne courais guère de danger. Je glissai et volai au-dessus de la roche, toujours sous le vent afin de ne pas me faire repérer.

J'arrivai enfin au bord de la citadelle. Suspendu derrière un couloir de muraille rocheuse, je me glissai à l'intérieur des murs, puis me cachai derrière un tonneau. Je pris le risque que la marchandise soit liquide et arrachai le bouchon ventral. Rien ne s'écoula.

Autour de moi, l'agitation était totale et confuse. Quelques gémissements remplaçaient parfois les cris de bête. Je poussai mon nez dans le trou du tonneau et reconnus immédiatement la récolte qui produirait la morphine qui se répandait en France.

Je devinais que tous ces tonneaux étaient remplis de feuilles de cet opiacé maléfique et prêts à partir.

Pourquoi se battaient ces deux clans ? Leurs affaires semblaient bien nébuleuses. Je repartis aussi rapidement que j'étais venu.

Je m'élançai à nouveau en hauteur pour m'accrocher dans le couloir de roche qui m'avait permis de descendre. Je me propulsais pour m'accrocher toujours plus haut. Je grimpais en hâte. Avec un peu de chance, beaucoup s'égorgeraient, éliminant ainsi ces charognards.

Tout à coup, la jambe de mon kimono resta accrochée à la montagne. Ma posture, en équilibre sur une pente inversée, ne me permettait pas de me détacher. Je tirai de toutes mes forces sur ma jambe tout en m'éjectant plus haut encore pour me libérer. La toile résistante de mon kimono finit par lâcher, dans un bruit qui retentit dans toute la montagne.

En dessous, les combattants s'arrêtèrent net dans un silence complet. Quand je jetai un œil pour en comprendre la cause, je vis que tous me scrutaient méchamment. Comme un seul homme, ceux qui avaient tous leurs membres se lancèrent à ma poursuite. Les vampyres s'accrochaient sur le mur inversé d'où je venais. Les loups-garous faisaient un détour pour trouver un itinéraire qui leur conviendrait mieux. Se déplaçant à quatre pattes, ils étaient extrêmement rapides.

Je frémis sous le coup du danger et repartis de plus belle dans une course effrénée. J'indiquai mentalement à mon maître qu'ils devaient tous partir. Je n'étais plus très loin, je les rattraperais. Je restais calme malgré l'urgence de la situation. J'étais né pour être un guerrier.

Je sentis le mouvement de mon clan au-dessus de ma tête. Les miens partaient en avant. Ils devaient rejoindre notre embarcation avant que nous ne soyons envahis et à leur merci. Nous étions inférieurs en nombre, c'était pour eux l'occasion de nous donner une bonne leçon, voire de nous éliminer. Ceux qui y arriveraient seraient vus comme tout-puissants. C'était un moyen de pression appréciable qui faciliterait leurs affaires. Alors, nous ne devions pas faillir.

Je ne ménageais pas mes efforts, me poussant au-delà de mes limites. J'étais surentraîné et mon corps répondait à mes exigences en cet instant. Pourtant, au fur et à mesure que je progressais, mes poils se hérissaient sur tout mon corps. Ma nature vampyre détectait l'ennemi naturel qui se rapprochait de moi à chaque pas. Les loups couraient plus vite que les vampyres. Je poussai sur mes jambes, ne lésinant pas sur les coups de reins. Je tirai sur mes bras pour gagner du terrain et ma liberté.

Enfin sur la ligne de crête, je vis que les miens seraient sains et saufs. Ils arriveraient au bateau à n'en pas douter. Je devais prendre le risque de descendre plutôt de l'autre côté. Le mur était tout aussi vertical qu'à notre montée. Je me débarrasserais définitivement des loups-garous. Les vampyres ne pouvaient plus maintenant me rattraper.

Au moment où j'allais amorcer mon saut de l'ange pour me rattraper plus bas sur la roche, je fus bousculé. J'empoignai in extremis un rocher à bout de bras pour me catapulter à nouveau sur l'arête de la montagne. Je sautai immédiatement sur mes jambes afin de me remettre sur pied, en position de combat.

Deux énormes loups rugissaient, tous crocs dehors, prêts à m'arracher la tête. Ils tournoyaient autour de moi au milieu des roches, cherchant le meilleur angle d'attaque pour m'abattre.

Une décharge d'énergie se répandit en moi. Je dégainai mes deux lames dans un sifflement qui leur dressa les poils de l'échine. Ces bêtes avaient saisi le danger. D'un seul coup, les deux bondirent sur moi à l'opposé l'un de l'autre. Alors, je levai mes lames. Les croisant au-dessus de ma tête, je dessinai un magnifique arc de cercle en tournoyant sur moi-même à une vitesse vertigineuse.

Les loups tombèrent dans un hoquètement de douleur. Chacun n'avait plus que deux pattes arrière. Comme leurs membres repousseraient assurément, je décidai de nous en débarrasser définitivement. Ils se redressèrent tant bien que mal, debout. Je ricanai intérieurement qu'ils me facilitent ainsi la tâche.

Je me projetai de toutes mes forces entre eux deux, lames à l'horizontale. Le moulinet de mes katanas les décapita instantanément. La résistance que j'avais sentie sur leur colonne vertébrale avait été brève, mais avait quelque peu ralenti ma course. Je tombai dernière leurs carcasses inertes pendant que leurs têtes roulaient, rebondissaient pour tomber dans la rivière en contrebas.

Je sautai immédiatement sur mes deux pieds, en vérifiant que je ne courais plus aucun danger. La voie était libre désormais.

D'un mouvement de poignet, je fis tournoyer mes lames pour les débarrasser du sang de ces vermines et les rengainai. Je devais rejoindre les miens sans attendre.

Je partis en saut de l'ange, me rattrapant plus bas dans un choc qui m'égratigna à nouveau les doigts. J'ignorai la douleur. Je rejoignis mon clan plus vite que je n'étais venu. L'excitation du combat se calmait.

Quand notre bateau quitta la montagne, quelques-uns de ces ennemis nous observaient partir. Pour l'heure, ils ne pouvaient se venger.

— Bravo, Sensei ! me félicita Alrik en m'empoignant la main.

Je souris à peine. Je n'avais fait qu'accomplir mon devoir. Je devais rester humble et je saluai mon maître en retour.

— Nous devons les arrêter, Alrik !

J'étais déterminé à mettre fin à ce trafic définitivement.

— Impossible, Eiirin !

Je sourcillai, dans une totale confusion.

— Le Masque Noir est ancré dans ce monde depuis plus d'un millénaire. Bien avant que je ne sois buveur de sang. En outre, il a de nombreux alliés sur bien des contrées. Nous ne pouvons tous les éradiquer seuls. Il y aura toujours un d'entre eux pour reprendre la suite et pérenniser leur satanée dynastie, c'est ainsi ! Ils sont très organisés. Nous n'avons pas d'autre choix que de leur rappeler nos positions et que notre territoire est la France. Jusqu'ici, notre puissance les gardait éloignés. Ta prestation vient de renforcer encore notre position. Je ne perds pas l'espoir d'éduquer suffisamment les humains pour qu'ils restent dans des choix qui leur sont favorables. S'ils ne se laissent pas distraire, ils ne tomberont pas à la merci de créatures plus puissantes.

Je méditai ces paroles. Les humains n'avaient aucune chance contre les vampyres et d'après ce que je venais de voir, ils ne pourraient pas prendre non plus le dessus sur cette espèce de loups. Ce travail d'éducation dont parlait Alrik était d'autant plus difficile que nous agissions uniquement dans l'ombre. En même temps, je faisais confiance à Alrik. Je l'avais vu mener de nombreux combats pour les humains. Nous respections ces derniers, ne faisant pas d'eux une simple alimentation. Si mon maître ne supprimait pas le Masque Noir, je voulais bien croire qu'il ne le pouvait pas.

Persévérer dans ses croyances pour les respecter.

Mener le combat jusqu'au bout ne pouvait qu'amener à la réussite, l'abandon à la perte.

Tels étaient les principes que je devais ancrer au plus profond de moi.

7 – Les fleurs du mal

France, 1848

— Les sabres arrivent !

Nous repoussions encore une fois un groupuscule du Masque Noir. Ces couards avaient vite fui, laissant victimes et blessés sur place. Ils évitaient au maximum nos lames aiguisées afin de ne pas finir en rondelles tant ils nous craignaient. Nous ne faisions pas de quartiers. Nous étions surentraînés. Mon ancien empereur aurait été fier d'avoir des samouraïs tels que nous.

Pourtant, cela faisait de nombreuses années que nous avions été tranquilles avec cette vermine. Nous avions un accord : pour le bien de tous, ils évitaient la France. Malgré tout, la morphine franchissait à nouveau les frontières, alimentant beaucoup de cercles d'intellectuels. Le résultat n'en était que plus triste et le spleen était devenu à la mode, augmentant la morosité ambiante.

Je respectais assidûment mes rituels pour me tenir loin de cette mode, espérant qu'elle soit passagère. Je me demandais si tous ces humains mélancoliques ne manquaient pas d'une foi pour les guider. Je n'étais pas sûr que les prières aient la même vertu que les méditations.

Quand je méditais, je ne demandais rien, je n'aspirais à rien. Le vide mental s'installait, soulageant aussi bien mon esprit que mon corps.

Quand les humains priaient, ils revendiquaient un certain nombre de choses pour combler leurs besoins, leurs désirs ou ceux de leurs proches. Beaucoup se maintenaient dans des complaintes d'une tristesse affligeante.

Quand Alrik souhaitait sauver les humains, je concluais parfois que la tâche était bien trop grande pour une poignée de créatures telle que nous. J'étais parfois fatigué par cette tâche. Malgré tout, je respectais les vœux de mon maître. Et puis, si j'étais éternel, autant construire quelque chose de grand. J'étais venu au monde pour être au service des autres. Je n'avais guère d'ambition personnelle, excepté vivre en paix. J'en étais loin en cette nuit d'automne.

Alrik était à Paris. Je foulais cette forêt de province avec mes valeureux guerriers, comme Miguel. Nous étions suffisamment nombreux maintenant pour assurer davantage de missions. Le simple fait de notre arrivée sur place avait mis fin à ce règlement de compte entre deux communautés, celle du Masque Noir et un autre groupe. Peu importait lequel : pour en arriver à de telles extrémités, ce ne pouvaient être que des barbares. Je ne cherchais même pas à découvrir quel était l'objet du litige. Ils n'avaient aucun honneur ; je présumais qu'un accord n'avait pas été respecté. Ils ne connaissaient que les combats à mort comme règlement de compte. Comme nous étions installés pas loin, nous faisions régner l'ordre dans cette contrée. Curieux qu'ils ne soient pas allés hors de notre portée, à moins que ce ne soit calculé. Ils étaient tellement sournois.

Quand nous arrivâmes sur la scène de combat, comme d'habitude, nous fîmes le ménage, en supprimant tous ceux qui semblaient perdus. C'étaient toujours des opposants en moins.

Je sondais brièvement les blessés pour connaître leurs pensées chaotiques. En général, il n'y avait plus rien à sauver. Ces pauvres créatures, vampyres ou loups-garous, n'avaient connu que violence depuis bien trop longtemps. Ils étaient incapables de changer leur mode de pensée ou de fonctionnement.

Après avoir constaté les dégâts sur ces esprits faibles et manipulés, un simple geste de ma part achevait leur vie pour l'éternité. Les miens surveillaient le mouvement de mes doigts, autant que les menaces qui pouvaient peser autour de nous. Nous étions absolument coordonnés.

J'étais le seul de mon clan à être télépathe. Alors, je faisais une écoute mentale avant d'éliminer définitivement les victimes. Pour moi, il était important de sauver toute vie qui méritait de l'être. Avec le temps, j'avais même découvert que je pouvais communiquer mentalement avec ceux avec qui j'avais échangé du sang.

Au hasard de mes détours entre les victimes, un moribond interpella davantage mon attention. Comme tous les autres, cet esprit était torturé.

Cependant, celui-ci aspirait à accueillir enfin une mort certaine. Il était partagé entre l'abandon de ses « anges déchus » et sa libération attendue depuis si longtemps.

Je me penchai sur ce vampyre. Il était sacrément mal en point. Il serait balayé par la lumière du soleil d'ici peu. Néanmoins, sa culpabilité était touchante. Je voyais qu'il était à la botte d'un barbare... Rakoûl... J'avais entendu parler de cet assassin sanguinaire. Il faisait tout pour se tenir loin de nous, déménageant son clan dès que nous approchions.

Je discernais aussi tout le bien qu'avait tenté de faire ce malheureux vampyre auprès de ses « anges déchus » ou des victimes humaines. Ce buveur de sang ne reconnaissait pas celui qui l'avait transformé comme son maître, même si leur lien restait puissant. Mais il ne désirait pas lui prêter véritablement allégeance. Il n'avait seulement pas pu se défaire de cette attache sanguine. Malgré ses affronts, son maître ne l'avait pas tué. J'étais surpris de tant de hargne.

— Est-ce que je l'achève ? demanda Miguel.

— Attends, je n'ai pas fini...

Cette victime était une énigme. Je sentais beaucoup de bienveillance en elle. Une légère aura turquoise flottait autour d'elle. Ce vampyre était à la mode des poètes, empli de spleen. Je fis signe à Miguel que nous n'allions pas éliminer celui-ci. Je devais lui donner une chance. Il semblait avoir des valeurs profondes compatibles avec les nôtres. Une bonne recrue n'était jamais de trop, même si nous en accueillions le moins possible.

Je me penchai davantage au-dessus de lui.

Soudain, ses yeux s'écarquillèrent. Il avait senti ma présence et me scrutait d'une drôle de façon. Un mélange de peur et de curiosité l'emplissait. Il ne savait pas s'il était au paradis ou en enfer. J'étais fasciné par ses curieuses pensées. Je passai ma lame sanguinolente au-dessus de son visage. Sa terreur s'accentua. Je rangeai mon sabre.

Je pinçai les lèvres, le scrutant davantage. Il ne sentait plus le bas de son corps. Je passai ma main au-dessus de lui. Ses cervicales étaient sectionnées, une plaie béante à l'abdomen mettait ses boyaux à l'air libre. Il était heureux finalement qu'il ne sente plus rien en dessous des épaules, au moins il ne souffrait pas.

— Vous avez perdu beaucoup de sang...

Mon ton était neutre. Il avait beau chercher dans ses souvenirs, il ne se rappelait pas avoir été blessé. Il se voyait déjà sur le chemin de son extinction définitive. Il en était soulagé

— Mais vous méritez de vivre, ajoutai-je.

Mon affirmation le surprit. Tant de confusion l'habitait. J'abrégeai ses pensées désordonnées en mordant mon poignet. Mon sang activerait sa guérison. Nous ne pouvions pas le transporter dans cet état. Je portai mon poignet à sa bouche afin de l'alimenter et d'activer sa guérison. Sur le coup, il refusa de boire. Il craignait que son sort s'aggrave. C'était plutôt une sage pensée au vu de ce qu'il avait déjà vécu.

— Buvez ! Si je vous laisse là, vous mourrez. Votre clan est parti, pour ce qu'il en reste... (devant sa surprise, je répondis à ses questions muettes) Je lis en vous, je connais déjà vos valeurs, vous pouvez continuer à faire le bien et même plus encore...

Voilà qu'il se demandait maintenant si je n'étais pas le Masque Noir. Quelle curieuse pensée !

Alors, il ne le connaissait pas. Ce vampyre était obnubilé par le chant qui s'élevait de mon sang. Il avait un curieux don. Je n'avais jamais rencontré une telle capacité. Cela me conforta dans l'idée que je devais le sauver.

— Nul orchestre dans les parages, répondis-je à ses interrogations muettes.

Il était toujours étonnant de voir la confusion quand je répondais oralement à des mots qui n'étaient pas sortis de la bouche de mes interlocuteurs. Je répondis volontiers un « oui » à sa question muette : je lisais bien dans les pensées.

Il était temps que je le détrompe sur sa situation.

— Je ne suis ni un monstre ni un Masque Noir... Ils se sont tous sauvés, ces couards... Vous êtes maintenant le seul survivant. (il s'interrogeait sur le nombre de victimes ; ce vampyre retrouvait sa raison) Nous avons effectivement fait le tri. Vous étiez le dernier à être évalué...

Il se contenta enfin d'avaler mon sang paisiblement. Il sentait déjà ma puissance se répandre en lui. Son abdomen béant commençait à se refermer. Les tissus fragiles étaient suffisamment cicatrisés pour qu'il soit maintenant transporté. Il n'y avait pas plus efficace que notre sang pour guérir.

Je regardai le ciel. L'aube viendrait bientôt, nous devions nous hâter.

Son questionnement reprenait de plus belle.

— Vous avez beaucoup à apprendre... Vous avez assez bu ! affirmai-je en retirant mon poignet. Vous avez un prénom ?

Sa bouche pâteuse était encore engourdie. Je patientai, le temps qu'il retrouve la parole.

— Boucles Blondes... souffla-t-il.

— Ce n'est pas un prénom !

Les sévices qu'il avait vécus, tous les rabaissements de son maître ou d'autres m'apparaissaient très clairement. Cet être se sentait brisé. Si Alrik l'acceptait, le bushido ferait le reste. Je n'avais pas de doute quant à l'accueil de cette brebis égarée.

— Lé-o-nard, articula-t-il au prix de gros efforts.

— Bien !

— Comte de Bolay, je vous suis redevable !

Je lui souris pour toute réponse. Au plus profond de lui, son honneur était intact.

Miguel le bascula sur son épaule et nous nous hâtâmes jusqu'à la citadelle. Nous ne perdîmes pas de temps. Je ne souhaitais pas que la lumière du jour nous cueille.

***

Après quelques mois et un événement bien particulier, je complétai mes notes au sujet de Léonard.

Alrik accueillit cette nouvelle recrue avec plaisir. Il décela un fort potentiel chez lui. J'étais chargé de découvrir toute l'étendue de son don. Entre nos différents entraînements au combat, petit à petit, Léonard forgea aussi bien son corps que son mental.

Nos discussions étaient fort intéressantes. Léonard souffrait de la passion. Il avait aimé la vie et encore plus les femmes. Il croyait être puni par son dieu pour tous ses péchés. Il ne devint pas un adepte de la méditation. En revanche, il devint un combattant émérite. J'avais toute confiance en lui.

Une chose incroyable se produisit. Grâce à lui, je ressentis pour la première fois la gaieté. Bien sûr, les miens n'osèrent pas me dire que j'étais plus souriant. De l'extérieur, la différence devait être probablement minime. À l'intérieur, c'était tout autre chose. J'avais parfois l'impression que mon sang frétillait de bonheur. Cette sensation était extrêmement dérangeante puisque je travaillais à ne ressentir que le calme.

Au fur et à mesure des tentatives que nous faisions pour trouver les limites des capacités de Léonard, nous décelâmes qu'il agissait sur la pression à l'intérieur de nos enveloppes corporelles. C'était comme si notre corps devenait trop petit pour tout ce qu'il contenait.

La dernière fois où il testa sa puissance sur

moi, mon sang bouillit tellement dans mes veines que je craignis d'exploser. En entendant le changement de symphonie de mon sang, Léonard stoppa net l'exercice. Et je crois bien qu'il était temps. J'avais durement résisté à la douleur qui se transformait en brûlure interne. J'étais sur le point de m'enflammer telle une torche vampyrique. Mon sang s'écoula par le nez, preuve que le pouvoir de Léonard était immense.

Je n'étais pas pressé d'en connaître toutes les capacités. Nous ne faisions pas de tests sur les créatures vivantes. Nous étions autant que possible pacifiques. Néanmoins, nous ne rechignions pas à jouer de nos lames pour asseoir notre position et conserver notre sérénité.

Malheureusement, le sort en décida autrement. Une nuit où je faisais une ronde avec Léonard, nous tombâmes dans une embuscade non loin de la citadelle. Cet événement n'était pas surprenant car nos ennemis se rassemblaient de temps en temps pour tenter de nous éliminer. Pour l'instant, le sort nous avait été favorable et notre suprématie continuait de jouer en notre faveur.

Toujours est-il que je m'étais retrouvé empalé sur un arbre par une gigantesque arbalète moyenâgeuse.

Je regardais ce manche sortant de mon corps. Je l'avais pris à pleines mains pour tenter de le retirer, en vain. J'avais beau tirer dessus comme un forcené, ignorant autant que possible la douleur, j'étais bel et bien cloué, en mauvaise posture. Je craignais que ma dernière heure ne soit arrivée et que mon éternité me soit retirée.

Deux vampyres ennemis arrivaient à grands pas pour m'achever. Je tentais de rester impassible malgré la terreur qui envahissait mes entrailles percées.

— Alors, samouraï, prêt à faire ta prière ?

Je cillai devant cet ennemi. Son épée brandie au-dessus de sa tête menaçait de me décapiter. J'avais appris à accueillir la mort avec sérénité puisque j'avais grandi avec l'idée que je n'étais pas vraiment vivant. Se considérer comme mort était le seul moyen de ne pas avoir peur de perdre la vie. Pourtant, en cet instant, je vacillai sous le coup de diverses émotions.

J'envoyai des messages mentaux à Miguel afin qu'il nous rejoigne avec la moitié de nos combattants. Je ne savais pas combien nous avions d'ennemis. Néanmoins, il fallait les arrêter avant que notre communauté ne tombe.

Léonard arriva en courant comme une furie, rempli d'horreur et d'effroi. Je souris intérieurement à l'idée qu'il avait peur de me perdre. Il avait tellement à apprendre, tellement à lâcher.

Soudain, mon ami exerça tout son pouvoir sur ce vampyre prêt à me trancher la tête. Il activa tellement fort sa puissance que d'un seul coup, le vampyre éclata littéralement et je me retrouvai couvert de son sang.

L'autre ennemi avait à peine posé la main sur Léonard que l'incertitude puis la terreur avaient jailli en lui. Il saisissait avec effroi le risque qu'il courait soudain. De mémoire de vampyre, un tel don était totalement inconnu.

Léonard avait des yeux de dément tellement sa colère était grande. Il n'eut pas le temps d'éliminer cette charogne face à lui que tous s'envolèrent.

Nous fûmes vite entourés par notre clan. Certains vérifièrent que tout allait pour le mieux sur notre territoire et d'autres me décrochèrent de cet arbre.

— Merci... Léo, soufflai-je, une fois à terre.

Ce diminutif trouva toute sa place. J'étais à la fois très ému et respectueux des risques qu'il avait courus pour moi. Je débordais soudain de tendresse. Je ne me sentais plus comme un père pour lui, mais comme un frère.

— Il va se remettre, conclut Adrien après m'avoir étudié scrupuleusement.

J'envoyai un message mental à Miguel pour lui signifier qu'il était temps que j'aie un lien de sang avec mon sauveur.

— À toi l'honneur, Léo ! ajouta Miguel, en lui montrant son poignet.

Il faisait déjà partie de ma garde rapprochée, une toute nouvelle relation allait commencer.

— Je savais que tu avais un grand pouvoir, Léo !

Mes mots l'enchantèrent. J'étais fier de lui et de son dévouement. Je ne savais pas encore à quel point le sort nous avait liés. En revanche, je savais que d'une rencontre inattendue, une grande puissance pouvait se révéler.

8 – Du sang sur la couronne

Paris, hôtel de Lauzun, 1856.

Adrien, notre vampire historien, supervisait la construction de l'hôtel particulier de la Païva. En parallèle, il compilait l'histoire de notre clan dans notre bibliothèque de Lauzun, ainsi que tous les éléments du mythe qui constituait les vampires. Tout comme le roi, nous avions perdu le « Y » dans le terme qui nous qualifiait, au profit du « I ».

Notre légende s'était largement étoffée. Les humains inventaient toutes sortes de croyances. Par exemple, l'ail, les croix et certaines plantes étaient jugés des répulsifs efficaces à notre encontre. De même, l'impossibilité de pénétrer dans un bâtiment sans que nous soyons invités. Ou encore que nous ne nous reflétions pas dans les miroirs. Tout cela était totalement faux, bien sûr. La seule réalité était que la lumière du jour et un pieu dans le cœur nous éliminaient définitivement.

Tous ces bruits qui couraient chez les humains nous indiquaient que certains d'entre eux connaissaient notre existence. Pour autant, nous la gardions secrète, la faisant oublier aux humains qui nous croisaient par inadvertance. Évidemment, ceux avec qui nous travaillions taisaient notre nature aux ignorants. Nous nous entendions sur le fait que les humains n'étaient pas prêts à prendre la mesure de toutes les créatures qui foulaient la terre.

La guerre des clans faisait rage, que ce soient vampires ou loups-garous. En revanche, d'un commun accord, nous ne transformions de nouvelles recrues qu'en cas de nécessité absolue. Nous nous devions de contrôler notre population. Un jeune prenait beaucoup de temps pour être éduqué aux principes de sa communauté. Il devait maîtriser ses instincts bestiaux sous peine de faire basculer un combat du mauvais côté si nous n'y prenions pas garde. De plus, les vampires se nourrissaient pour la plupart d'humains. Autant le clan Du Roy se contentait d'un repas frugal, autant la majorité des autres buvaient jusqu'à plus soif. Pourtant, tous les maîtres s'entendaient sur le fait que les humains devaient survivre, a minima pour notre bon plaisir.

J'avais retrouvé Janine, qui assistait Adrien en amassant un maximum de connaissances. L'île Saint-Louis était définitivement notre fief. Nous avions même une salle de la mémoire pour conserver les urnes de nos vampires perdus.

Ce jour-là me réserva une grande marque d'attention. J'étais plongé dans mon journal pour notifier mes pensées, ce que je ne devais pas oublier pour me garder sur le bon chemin. Les desseins de mon maître étaient grands et chaque siècle, nous gagnions du terrain pour nous investir en secret dans la vie des humains.

« Viens à moi ! » m'appela Alrik.

Par respect, je posai ma plume et quittai immédiatement ma chambre pour le rejoindre dans son bureau.

Je fus surpris de trouver un humain apeuré avec mon maître.

— Il est temps que je t'initie à la transformation, mon second !

Alrik utilisait rarement ce titre. Il n'en avait pas besoin, tous nous respectaient en tant que tête de ce clan. Cependant, j'étais surpris par sa requête. Il ne tolérait jamais que l'un d'entre nous se laisse aller à un tel pouvoir. Il avait dû éliminer par le passé un vampire fauteur de trouble et sa progéniture à peine née. Une minorité à l'intérieur d'un clan était inacceptable. Nous nous devions de former une unité.

— Pourquoi, Maître ?

L'humain tressaillit davantage devant ma question. Je lisais son trouble, causé par un éventuel refus. Il souhaitait ardemment être transformé et sa peur résidait dans le fait qu'il reste humain. J'étais très partagé quand un humain souhaitait embrasser la vie des créatures de la nuit pour l'éternité.

Quelles étaient ses motivations ?

Bien sûr, je n'avais aucun regret ni aucune honte de ce que j'étais. Je maîtrisais mon destin, ma vie, j'œuvrais pour une grande cause.

Je n'eus pas le temps de sonder les pensées de cette future recrue.

— Cela fait partie de ce que tu dois apprendre, Eiirin… Ce sera ta seule et unique transformation de mon vivant !

J'étais surpris qu'il prépare en quelque sorte sa suite. Nous étions éternels. Voulait-il me chasser ?

J'étais soudain dans l'incertitude la plus totale, ce qui était extrêmement inconfortable pour moi puisque je faisais tout pour éviter toute émotion. Je restais fidèle à mon état de samouraï : impassible, s'évertuant à respecter mon code d'honneur.

— Je ne souhaite pas quitter le clan Du Roy, Alrik.

— Et c'est tant mieux ! rigola-t-il. Écoute, je sens de plus en plus souvent une certaine lassitude. Je préfère t'apprendre tout ce que tu as à savoir. Tu seras prêt si…

— Mais nous sommes éternels !

— Bien sûr ! Jusqu'à ce que nous rencontrions de trop près un pieu, une lame ou le soleil !

Pour la première fois, je devinai sa fragilité. Alrik avait surmonté l'abandon de son dieu Odin. Cependant, il n'avait pas trouvé de remplaçant en qui mettre ses croyances. Je pensais que la voie du bushido le comblerait. Je voyais aujourd'hui qu'il n'en était rien. J'en étais déçu pour lui et une pointe de culpabilité m'assaillit.

— Peut-être ai-je failli dans ma mission ? Dans tout ce savoir que je devais porter à ta connaissance ?

— Non, fils ! Tu n'as pas failli ! J'ai tenté de trouver une voie qui me comblerait. Ton bushido me garde dans la sérénité. Je reste concentré sur nos missions pour une vie meilleure, que ce soit pour notre clan ou les humains...

— Cet idéal est un travail colossal, Maître !

Je le saluai, tant j'avais de respect pour ses aspirations. J'étais heureux de pouvoir y contribuer. Fier ? Non, je me devais de rester humble.

— Parfois, je suis fatigué par la tâche... Parfois, je suis distrait dans les combats contre nos ennemis... Tu m'as sauvé la vie plus d'une fois (j'acquiesçai car je n'avais rien dit, il était mon maître)... Un jour, tu seras le chef du clan Du Roy, c'est dans l'ordre des choses, Eiirin, et je dois te préparer à cela... Je suis si vieux !

Un voile de tristesse nous enveloppa. Alrik m'avait créé. Il était mon pilier. Certes, j'avais beaucoup d'autonomie pour diriger des missions et une partie du clan. Mais jamais je ne remettais en cause ses décisions. Qui me guiderait quand il ne serait plus là ?

L'humain nous regardait, fasciné aussi bien par notre discours que par ce que nous étions. Je voyais au plus profond de lui qu'il aspirait à devenir vampire. Je me tournai vers lui avec curiosité. Alrik sourit devant mon intérêt soudain.

— Walter est un émissaire anglais (ce dernier me salua). Il parle parfaitement le français, mais bien d'autres langues encore. Il connaît notre existence depuis un moment et demande cette faveur...

Ce serait la première fois que nous transformerions un humain de son plein gré. En général, nous leur sauvions la vie si nous jugions qu'ils étaient de bonnes recrues.

— L'inclure en notre sein nous apporterait bien des connaissances, sourit Alrik.

Je voyais effectivement son esprit bouillonner de tant d'espoirs pour vivre en paix.

— Et pourquoi pas un vampire anglais ? lui demandai-je directement.

Alrik lui fit signe de parler honnêtement. De toute façon, il ne pourrait probablement rien me cacher, même si les esprits de certaines créatures manquaient parfois de lisibilité.

— Je n'ai pas trouvé de clan aussi désintéressé, avoua Walter, penaud. Vous restez attentifs aux humains ou à la paix autant que possible.

Il est vrai que dans le monde de la nuit, nous étions vraiment à part. Nous le tenions des préceptes du géniteur d'Alrik. Ce vampire avait dû être un très grand philosophe. Je remerciais mes dieux régulièrement qu'il ait croisé le chemin de mon maître puis que ce dernier ait croisé le mien.

Je hochai la tête et observai à nouveau mon géniteur. J'étais très partagé devant ce grand pouvoir qu'il souhaitait m'accorder.

— Je te demande d'accepter, Eiirin. Prends cette faveur comme un service que tu me rends. Je serai davantage en paix avec moi-même.

Je soupirai pour prendre du recul. Je décidai de prendre cet acte comme une mission à réussir, un nouvel acte de foi envers mon créateur. En cet instant, je vis que je devais soulager mon maître. Il avait besoin d'être rassuré sur le fait que son clan perdurerait après lui, qu'il n'aurait pas travaillé avec acharnement tous ces siècles en vain.

J'avais à peine hoché la tête pour donner mon assentiment que ces deux créatures, ici présentes, souriaient de bonheur. Je me demandais tout de même si cela était bien raisonnable. Je coupai court à mes élucubrations. Elles n'avaient pas leur place ici.

— Quand agissons-nous ? demandai-je.

— Maintenant ! répondit Alrik.

Avait-il peur que je change d'avis ? Non, il savait que je n'avais qu'une parole. Il nous invita immédiatement à le suivre dans ses appartements. J'y étais entré peu de fois. Il avait un ensemble de pièces dont le mobilier restait très spartiate. Ici, aucun meuble baroque comme dans le reste de l'hôtel qui était particulièrement à la mode. Il fallait dire que nos vampires raffolaient de ce style.

— Allons sur mon lit, je vais te guider, Eiirin... Walter, enlevez votre chemise s'il vous plaît.

Ce dernier s'exécuta immédiatement. Je vis qu'Alrik l'avait informé que tous les humains ne survivaient pas. Et pourtant, celui-ci voulait courir le risque. Il mettait ses futurs actes au-dessus de sa vie.

Je suivis à la lettre les indications de mon maître. Je bus Walter jusqu'à le vider de son sang. Je n'avais jamais autant bu et je m'en sentais presque euphorique. Ma bouche était à la fête. Mon cœur palpitait dans ma poitrine comme un cheval au galop. Une certaine euphorie me gagnait. J'étais repu.

— Bois encore… m'encouragea Alrik.

Walter était livide. Ses gémissements s'éteignaient progressivement. Je craignis soudain de le tuer alors que j'avais toujours maîtrisé ma soif.

— Maintenant ! ordonna mon maître.

Je tranchai vivement mon poignet grâce à mes crocs acérés et nourris Walter de mon énergie qui l'amènerait du côté des créatures de la nuit.

Au début, j'ai craint qu'il ne soit trop tard. Il ne déglutissait pas. Mon sang coulait dans sa gorge alors qu'il semblait inerte. Soudain, la magie opéra. Ses joues reprirent de la couleur. Ses iris se mirent à briller au travers de ses paupières à demi closes. Quand il agrippa mon poignet pour boire avidement, je sus que c'était gagné.

J'avais vu la transformation de plusieurs humains. Je savais ce qui allait se passer. Je ne fus pas surpris quand il tomba dans l'inconscience pour trois jours et trois nuits.

Je fis en sorte de n'avoir aucun lien particulier avec Walter par respect pour mon maître. D'ailleurs, ce dernier fit un échange de sang avec ma progéniture pour qu'il devienne un de ses vampires au même titre que tous les autres. Finalement, nous n'avions que peu de contacts, ma progéniture et moi, même si je vérifiais qu'il ne manquait de rien, mais comme tous nos vampires finalement. Je me devais d'oublier que Walter était mien.

Ce lien me perturba au début car je le sentais trop présent en moi. Si nous étions dans le même espace, Walter se rapprochait inévitablement. Adrien, que j'avais parfaitement formé aux règles du bushido, prit le relais et devint son chaperon et son guide.

***

À la mort d'Alrik, j'eus besoin d'observer après coup l'état mental dans lequel se trouvait notre maître. Ce dernier nous avait accordé un peu plus de vingt ans pour régenter le clan Du Roy et était tombé lors d'un combat. Il était devenu bien trop distrait et cette fois, je ne pus le sauver, même si nous éliminâmes nos adversaires. Nous avions repris nos positions sur Paris.

Mais qu'est-ce que deux décennies avec mon maître quand j'avais déjà vécu plus de deux cents ans à ses côtés ? Il me laissa un grand vide intérieur que je peinais à combler. Nos conversations me manquaient.

Alrik avait perduré avec des hauts et des bas. Nous avions repris assidûment nos débats philosophiques. Odin revenait le hanter et mon maître aspirait à rejoindre enfin le Valhalla. Il n'était plus que mélancolie de son humanité, perdue pourtant depuis si longtemps.

Était-il trop vieux ?

Était-ce l'évolution normale de toute créature éternelle ?

J'avais constaté que la mélancolie et la morosité s'installaient naturellement chez les vampires au fil des siècles. L'impassibilité devenait maître et augmentait la cruauté de certains d'entre nous envers toutes les créatures. Nous surveillions davantage nos vieux vampires car nous étions toujours choqués de voir évoluer ces bêtes sanguinaires chez nos ennemis.

Nous redoublions d'efforts pour mener à bien nos objectifs envers les humains et pour un monde meilleur pour tous. Cela nous évitait de nous perdre dans des instincts animaux. Nous espérions un jour ne plus vivre en secret.

À la disparition d'Alrik, la majorité de nos vampires se prosternèrent devant moi sans que je n'exige rien. J'en fus très ému. J'avais un nouveau défi à relever : poursuivre la voie de notre défunt maître.

Nous sentîmes un grand vide en nous à la disparition du lien de sang. En embrassant mon destin, je devais accepter un échange de sang pour être leur chef à tous. Ce moment fut extrêmement fort en émotions et en énergie. Au fur et à mesure que le vide d'Alrik se comblait en moi, une source puissante naquit au plus profond de mes entrailles. J'étais lié à eux pour l'éternité.

Je relevai à nouveau la tête. J'étais déjà si vieux. J'avais l'impression d'avoir vécu plusieurs vies. Pour le bien des miens, je devais me prémunir moi aussi de tout vacillement. Et pourtant, peu de temps après, je fus mis à rude épreuve.

Je tournai la page.

9 – Mélancolie nipponne

Japon, 1900.

Les années passèrent. Nous étions heureux à Paris. Mon image de guerrier aussi impassible qu'invulnérable avait pris des proportions quasi mystiques. J'étais intolérant au moindre manquement des règles que les créatures surnaturelles commettaient à Paris. En conséquence, ces dernières restaient loin de nous. Je dégainais mon sabre plus vite que mon ombre. Mes guerriers formés à mon image faisaient tout aussi peur. Nous étions devenus intouchables.

Léonard était devenu mon second peu après la disparition de notre maître. J'en avais longuement discuté avec Miguel et Adrien, plus vieux que moi, très sages dans leurs comportements de vampires, ils étaient de véritables alliés.

Cependant, la relation qui s'était tissée avec Léonard était devenue quasi fusionnelle et un sacré atout pour le clan. Je lui apportais la sagesse, il m'apportait la gaieté et l'esprit critique avant d'obéir. Tous m'obéissaient, bien sûr, depuis toujours et même avant que je sois le second d'Alrik. Il fallait croire que je dégageais une aura qui rassurait et ils suivaient mon autorité aveuglément.

Léonard discutait parfois pour exposer un autre point de vue. Il savait que je vouais mon éternité à notre clan. Je n'avais aucun intérêt personnel, excepté rester en paix. Cet allié me faisait évoluer quand j'étais trop rigoureux dans nos principes, même s'il était le premier à les défendre. Alors, tout naturellement, même mes vieux vampires avaient trouvé plus sage que Léo soit mon second. Il gardait un esprit critique au fil des années, esprit que nous devions cultiver. Ce diminutif lui allait comme un gant et n'enlevait aucun respect dû à son rang.

En devenant le maître du clan, j'avais fait quelques aménagements. Notamment dans notre nom. Nous avions perdu notre particule pour devenir les Duroy, nous fondant davantage dans la masse et restant ainsi dans l'air du temps. Nous étudiions activement la possibilité de devenir une société afin d'avoir un pouvoir plus actif auprès des humains et de nous immiscer dans la vie politique. Néanmoins, nous y allions tranquillement : très peu d'entre eux connaissaient notre existence. Il était important que cet état d'ignorance perdure car l'éternité attirait trop la convoitise. D'ailleurs, quand un humain souhaitait nous soudoyer, systématiquement, je lui faisais oublier notre existence. Je gardais les préceptes de tous les maîtres vampires : garder un contrôle sur notre population. Nous étions en haut de la chaîne alimentaire, nous devions croître avec modération.

Et malgré tous ces projets, toutes ces nuits que j'employais uniquement au profit de mon clan dans un travail acharné, une mélancolie sourde et insidieuse s'était installée.

Étais-je déjà trop vieux ?

Avais-je le mal du pays ?

Je repensais de plus en plus au Japon. Je n'y étais plus allé depuis ma vampirisation. Je m'en étais approché par les mers, mais je n'avais plus foulé mes terres natales. J'avais beau méditer chaque nuit, je développais une sorte d'obsession. Y retourner devenait vital. Un besoin ardent de m'abreuver à sa source me torturait de plus en plus, m'emplissant d'incertitude.

Edo était devenu Tokyo. J'avais suivi l'histoire de mon pays au fil des décennies au travers des estampes japonaises. Puis les écrits étaient devenus de plus en plus nombreux. Comme tous les humains, j'avais développé une fascination pour cette image romancée du samouraï, de la geisha et du Japon. Je me devais d'aller voir sur place afin d'être confronté à cette nouvelle réalité. Je me sentais obligé de constater par moi-même cette évolution. J'avais besoin de ce retour aux sources pour mieux avancer.

Léo m'accompagna avec un petit comité de vampires et d'humains. Adrien et Miguel supervisaient nos affaires en restant à Paris. J'avais toute confiance en eux.

Le voyage fut plus rapide que nos périples d'antan. Les navires avaient évolué, étaient plus sûrs, avançaient plus vite. Nous étions forts en subterfuges pour garantir notre sécurité le jour et profiter du voyage la nuit.

Quel soulagement de poser enfin les pieds sur ma terre natale ! Je respirais à nouveau. Je n'avais pas pris conscience de la pression qui m'habitait jusqu'à ce moment précis où elle s'envola. Nous quittâmes rapidement le port en calèche pour nous enfoncer dans les quartiers de Kyoto, la ville des geishas. Les chevaux avaient été un peu nerveux à notre approche, mais nous les avions amadoués d'une vague de manipulation, tout comme notre chauffeur.

Dans les ruelles, les lumières donnaient une ambiance chaleureuse et plus festive encore quand nous arrivâmes dans le quartier des plaisirs. Le gouvernement tentait de contrôler la prostitution afin de la limiter.

Ce qui m'intéressait était de découvrir les codes et tous les arts que les geishas avaient développés. Par mes lectures, je me sentais proche de ces femmes sans jamais les avoir rencontrées. Je savais leur enfance rude et sans aucune tendresse. La plupart grandissaient dans une okiya[7], vendues par leurs parents. La patronne se voulait être la mère de toutes ces fillettes et de ces jeunes filles. Elle pourvoyait à l'éducation de toutes, leur

---

[7] Maison de femmes où logent les geishas et les apprenties, au moins le temps de leur contrat.

formation et leurs besoins vitaux. En échange, chacune se devait de reverser l'intégralité de son salaire jusqu'à ce que sa dette soit remboursée. Ces matrones tenaient d'une main de fer l'honneur de leurs filles et leurs livres de comptes.

À Kyoto, je ne pouvais que trouver la perle rare. J'avais manipulé notre chauffeur afin qu'il nous emmène dans la meilleure maison de thé connue, ou en tout cas la plus respectable. Ma prestance japonaise aiderait à nous ouvrir les portes, même si je me sentais totalement dépassé dans ce Japon que je redécouvrais.

Quand le chauffeur nous arrêta devant un palais ancestral, je fus même choqué. Comment un antique bâtiment où nos rituels avaient été perpétués pouvait-il être devenu une maison de plaisir ?

Je regardais Léo. Son sourire nonchalant me fit ciller davantage.

— Allons-y, Sensei ! proposa-t-il avec un sourire enjôleur.

Ce coquin était prêt à découvrir tous les plaisirs que ma terre pouvait offrir. Je savais qu'il avait définitivement abandonné la méditation. En revanche, il était devenu une référence pour manier le katana. Infatigable, il devait trouver une forme d'apaisement dans les entraînements.

Le chauffeur nous salua. Je lui payai généreusement la soirée afin qu'il nous attende sur place. Bien sûr, nous aurions pu partir de maintes façons et nous faire oublier. Néanmoins, je tentais toujours de m'intégrer au mieux parmi les humains.

Quand nous montâmes les marches, les portes s'ouvrirent sur notre passage. Le personnel nous salua. Soudain, je me sentis chez moi, apaisé. Je saluai en retour avec respect nos hôtes. L'hiver jouait en notre faveur avec des nuits plus longues. Nous avions le temps pour en profiter.

Je retrouvais mes symboles ancestraux. Ces derniers perduraient pour se mêler à une décoration plus moderne. Je retrouvais les tables basses bien connues. Cependant, les sièges avaient évolué au fil du temps et ceux-là se voulaient plus confortables.

Une geisha, fardée de blanc, engoncée dans son kimono rouge et son chignon sur le sommet du crâne, nous accompagna à petits pas jusqu'à une table libre. Mon kimono noir en satin et mon sabre n'éveillaient pas particulièrement son attention. En revanche, elle se retenait pour ne pas regarder les boucles blondes de Léo et ses fantastiques yeux bleus. Pour ma part, j'étais content de me fondre dans la masse pour une fois. Mon caractère naturellement austère pouvait décourager facilement.

À peine assis, je me tournai vers la scène. Deux magnifiques geishas se mouvaient, jouant de leur éventail, dans des danses probablement traditionnelles. En observant la décoration autour d'elles, je me sentis tout à coup étranger. J'étais déjà si vieux. Ce Japon, je ne le connaissais pas. Je me rembrunis à cette constatation. Leur danse ne réussit pas à me divertir malgré leur port de tête gracieux et leur démarche élégante. Quant à

Léo, il était déjà au comble du ravissement.

Afin de ne pas attirer l'attention, nous commandâmes du thé. C'était une des rares boissons que nous pouvions boire sans en souffrir. Évidemment, nous ne boirions pas grand-chose.

La danse sur scène se termina et trois nouvelles geishas s'installèrent avec leur instrument. Celle qui tenait le shamisen attira immédiatement mon attention. Son visage fin, sa peau ultra blanche, sa bouche en cœur dessinée de rouge était splendide. Une aura extraordinaire se dégageait de cette jeune personne. Quand elle tourna la tête, son chignon en « pêche fendue » dévoila une étoffe rouge. Cette jeune geisha était encore vierge, contrairement aux deux autres. Je devinais qu'elle venait d'achever sa formation et faisait son entrée dans le monde.

Le trio commença à jouer en virtuose. Leur concert était du plus bel effet. La joueuse de shamisen était en plus d'une grâce onirique. Je me détendis immédiatement, oubliant que j'étais chez moi sans vraiment l'être.

Je demandai à la cheffe d'établissement à recevoir à ma table cette jeune geisha. Je compris immédiatement que je devais accueillir les deux autres joueuses qui étaient ses grandes sœurs, pas au sens littéral, mais toutes venaient de la même okiya. Une hiérarchie très stricte existait entre elles.

J'acceptai.

Je savais que toutes recherchaient un danna pour rembourser leurs dettes et s'affranchir de leur maison. L'attitude de cette jeune fille me plaisait beaucoup.

Était-ce son cou gracieux ?

Le fait qu'elle baissait promptement les yeux ?

J'avais envie d'en savoir plus, de la comprendre, de découvrir ce que nous avions en commun.

Une fois leur prestation terminée, les trois geishas furent invitées à nous rejoindre. Comme je montrais mon intérêt pour la plus jeune, les deux autres se tournèrent vers Léo. Son exotisme les attirait et ce charmeur était tout sourire. Elles nous firent bien vite comprendre que leur okiya refusait les faveurs sexuelles. Je ris intérieurement au désappointement de mon second quand je lui traduisis les termes de cette rencontre. Pour autant, cela n'entacha pas sa bonne humeur. Ce gai luron était de bonne composition et s'adaptait admirablement.

Quant à moi, cela me convenait au mieux. Je voulais en découvrir le plus possible sur ces geishas. Cette charmante jeune fille était-elle la perle rare que je recherchais ?

— Kinoshita Eiirin... Sensei, me présentai-je.

Je n'étais plus très sûr des usages de la présentation et de l'art de la conversation, hormis mon titre. D'ailleurs était-il encore en vigueur ?

— Etsuko to moushimasu[8]...

Sa voix fluette s'éteignit dans un murmure.

---

[8]   Je m'appelle Etsuko, enchantée ; formule de politesse envers une personne de haut rang.

Une de ses grandes sœurs la sermonna du regard et l'autre l'encouragea. Etsuko était d'une rare beauté et je devinai immédiatement que son okiya misait tout autant sur son physique que sur son éducation. Si les faveurs sexuelles étaient interdites, cela signifiait qu'elle vendrait sa virginité au plus offrant le moment venu.

— Faites-vous vos premières sorties, Etsuko-san ?

La geisha plongea ses yeux noirs en amande dans les miens. Je me sentis hypnotisé par son regard. Elle était d'une troublante sincérité. J'entrevoyais sa peur de connaître des mésaventures dans ses premiers pas. Sa patronne venait de l'informer qu'elle avait la capacité de devenir « l'héritière » de son okiya. Cruel fardeau. La continuité de sa maison reposait donc sur ses frêles épaules. Je devinais que cela l'avait bouleversée. Je me tournai vers ses grandes sœurs : elles semblaient accepter totalement la situation et comptaient bien la surveiller pour qu'elle ne commette pas de faux pas.

— Oui, Eiirin-Sensei, avoua-t-elle en baissant la tête.

— Peut-être pourrions-nous avoir un salon privé, j'aimerais avoir une démonstration de vos talents...

Ses deux chaperons levèrent la tête pour évaluer mon honneur et mes richesses. Ce type d'entretien coûtait très cher. J'osai les manipuler légèrement afin de les assurer de ma confiance et de mon intégrité. J'étais pleinement sincère. Elles hochèrent la tête et nous fûmes escortés tous les cinq dans un salon confortable, richement décoré.

Naturellement, Léo fut encadré par les deux sœurs qui étaient fortes en jeux d'esprit. L'une et l'autre surenchérissaient pour divertir leur hôte. Mon second parlait très peu le japonais. Ses hôtesses se firent un plaisir de lui apprendre quelques rudiments indispensables en jouant sur les mots. Léo ne quittait pas leur bouche des yeux. Son sourire enjôleur ne faisait que s'étendre.

Je restais un peu à l'écart, assis confortablement dans des fauteuils bas avec Etsuko.

— Aimez-vous la poésie, Eiirin-Sensei ?

Je hochai la tête, curieux de ce qu'elle allait me faire découvrir.

Elle sortit un ouvrage de poésie, dissimulé dans son kimono. C'était une compilation de haikus[9] dont certains auteurs vivaient à l'époque où j'étais encore humain. J'en fus totalement abasourdi. Je fus immédiatement happé par sa voix cristalline. Elle jouait à merveille le détachement requis pour ce genre de poèmes très courts, qui nécessite de le lire en une seule respiration. Elle m'observait, un léger sourire aux lèvres, pour admirer l'effet de ces quelques mots bien choisis. Les émotions s'éveillaient à nouveau en moi. Son vieil ouvrage calligraphié était illustré de magnifiques estampes japonaises.

Nous prîmes notre temps. J'étais subjugué.

Comment une si jeune femme avait-elle pu me

---

[9]   Petit poème de dix-sept syllabes, en trois vers.

proposer spontanément des poèmes de mon temps ?

Je passai, la semaine suivante, une bonne partie de mes nuits avec Etsuko. Bien sûr, je me conformais strictement au protocole. Ses grandes sœurs et Léo étaient présents systématiquement avec nous. La patronne de la maison de thé surveillait elle aussi que je respectais bien l'honneur de cette jeune geisha.

Chaque soir, elle enchaînait les bâtons d'encens qui comptabilisaient sa rémunération. En échange, je découvrais toutes les formes d'art qu'Etsuko maîtrisait. Elle était très divertissante pour un vieux samouraï comme moi. Son talent m'émouvait, apaisait mes sens troublés et m'amenait la paix.

Une nuit, n'y tenant plus, je posai enfin cette question que la belle avait peur d'entendre.

— Aimeriez-vous que je sois votre danna, Etsuko-san ?

Elle arrêta net sa mélodie, accrochée à son shamisen, et papillonna des yeux, étourdie par cette question vertigineuse. Je voyais toutes les interrogations qu'elle se posait, les peurs qu'elle avait, son envie que sa matrone accepte, le soulagement de pouvoir subvenir à son okiya.

Elle acquiesça enfin, après avoir soupesé les mille réponses qu'elle se faisait mentalement.

— Vous devrez quitter le Japon pour venir avec moi... à Paris.

Mon ton était doux, rassurant. Pour toute réponse, elle écarquilla les yeux devant ce destin qu'elle n'avait pas prévu. Je ne lui avais pas avoué que j'étais vampire. Je ne comptais pas le lui dire maintenant. Étais-je lâche ? C'est bien possible. Tout du moins, je manquais de courage. Je savais juste que j'avais besoin de ramener un peu de Japon avec moi.

Sa mère matrone dut accepter de me recevoir à la nuit tombée.

Quand je pénétrai son bureau, la vieille matrone m'examina sous toutes les coutures en tirant sur sa pipe. Ses yeux perçants me pénétraient, tentant de déchiffrer tous mes secrets. J'attendis patiemment son verdict.

— Yokai… souffla-t-elle en expulsant la fumée.

Pourtant, elle n'avait pas peur.

Je cillai à mon tour. Comment pouvait-elle percevoir que j'étais différent ?

— Je suis un antique samouraï, avouai-je pour me défendre.

Elle hocha la tête plusieurs fois en réfléchissant, les yeux dans le vague. On aurait dit qu'elle utilisait d'autres sens pour m'examiner.

— Mais de quelle époque ?

J'étais grandement surpris par sa perspicacité. Comment pouvait-elle savoir ? Avait-elle des dons particuliers ?

— Quelle somme vaut Etsuko ?

Je devinais aux manches élimées de son kimono qu'elle ne roulait pas sur l'or, contrairement à moi. Les siècles passés m'avaient permis d'amasser quelques économies.

Elle me tendit un papier en tremblant. Elle

était consciente d'un certain danger alors que ses geishas n'avaient absolument rien détecté. Je dépliai le papier et acceptai immédiatement. Je remboursai même les dettes de son okiya. Ses filles étaient bien éduquées et bien traitées.

Nous partîmes dans la foulée avec Etsuko, une fois la cérémonie d'adieu faite.

Au moment où je passais la porte avec ma geisha, la matrone retint mon bras, des questions et surtout de la crainte plein les yeux. Elle n'avait pas peur pour elle, mais pour Etsuko.

— Je promets de prendre soin d'elle... affirmai-je en recouvrant sa main de la mienne avec bienveillance.

La matrone n'attendait que cela, que je la rassure. Elle nous observa nous enfoncer dans la nuit.

Etsuko découvrit la vie parisienne avec émerveillement. Je lui attribuai une garde d'humains savamment choisis pour la protéger ou répondre à toutes ses demandes.

Intelligente, elle fut prompte à comprendre que je ne pouvais pas sortir le jour et que mon régime alimentaire était bien particulier. Je lui rendis visite quelquefois pour lui faire découvrir les plaisirs de la chair. Elle me rejoignait le plus souvent dans mon bureau afin de me distraire avec toutes ses traditions. Cela m'apaisa énormément et je travaillai de nouveau avec autant de légèreté que d'acharnement. La mélancolie m'avait quitté, j'en étais soulagé.

Je formai Etsuko au combat. Docile, elle devint

rapidement une experte au katana. Elle s'immergea petit à petit dans nos affaires. Quand elle fut prête, je la transformai afin qu'elle rejoigne les créatures de la nuit à tout jamais.

« Tout ce que je touche
Avec tendresse hélas
Pique comme des ronces. »
Haïku du poète japonais Kobayashi Issa.

Paris, hôtel de Lauzun, 2020.

J'étais heureux d'avoir encore à mes côtés cette magnifique geisha devenue une redoutable guerrière. Elle continuait de me divertir de son art. Nous étions deux à porter le kimono, à respecter nos traditions ancestrales. Je me sentais moins seul.

Pour la première fois, j'avais fait une exception en faisant passer mes intérêts avant ceux de mon clan. Était-ce une bonne chose ? En y réfléchissant objectivement, je devais admettre qu'Etsuko m'avait ramené à la paix intérieure et que j'étais redevenu un chef efficace et imperturbable.

Je continuai de feuilleter mon journal jusqu'à ce que je tombe sur ce moment beaucoup moins heureux.

10 – À fleur de crocs

Paris, 1970.

J'avais découvert Albert dans son atelier de tailleur de pierre au cours d'un déplacement en région parisienne. Le bruit de cette force brute tapant sans relâche m'avait immédiatement attiré. J'avais été surpris de rencontrer cette masse de muscles avec autant de barbe que sa tignasse était hirsute. Il était couvert de tatouages et arborait de nombreux piercings. Ces anneaux accrochés partout sur son visage étaient un nouveau phénomène chez les humains en France.

J'étais fasciné par ce qu'il dégageait. Malgré son apparence qui évoquait la rébellion à cette époque, Albert était empli d'honneur envers son père. Ce détail en particulier aurait dû m'alerter. Il avait une ardeur au travail comme j'en avais rarement vu. Lors de cette première visite, il me jeta à peine un regard, tellement il était affairé à transformer une pièce de marbre. Je restai une partie de la nuit pour découvrir le buste sortant de la pierre. Une magnifique femme prenait vie sous mes yeux.

Je rendis visite à cet artiste régulièrement. Ce

dernier était peu bavard, répondant la plupart du temps par monosyllabe. Ce manque de conversation me convenait totalement. C'était extrêmement reposant pour moi. Et puis je préférais écouter les pensées générées par le cerveau. Les pensées, elles, ne mentaient pas. Il s'était habitué à ma présence et finalement, il était contrarié quand je restais plusieurs semaines sans venir à son atelier.

Albert était un motard émérite. Nous parlions quelquefois puissance de moteur. En tant que vampire, il m'était arrivé de pousser mon bolide au-delà de ses limites, négociant les virages sur la corde. La nuit, les humains étaient bien moins nombreux sur les routes. J'avais peu de chance de me tuer lors d'un accident. J'avais évolué avec mon temps et j'étais fin conducteur.

Malheureusement, le chauffard qu'Albert croisa cette nuit-là changea totalement sa destinée. Je compris soudain l'urgence que j'avais ressentie, ce besoin de le voir à cet instant précis. Il ne restait rien de sa bécane, échouée dans la campagne, tout comme son corps retombé comme un pantin désarticulé.

Ma vision nocturne ultra performante m'avait permis de le détecter d'un seul coup d'œil. Je stoppai net mon véhicule pour courir m'agenouiller à ses côtés. Il respirait encore, mais il n'en avait plus pour longtemps. Son corps était bien trop abîmé pour se remettre de ses blessures.

Je le connaissais parfaitement maintenant. Je le voyais totalement intégrer notre clan.

— Souhaitez-vous vivre, Albert ?

— Mmmoé... souffla-t-il.

— Alors, tenez bon !

Ma force surhumaine me permit de l'emporter facilement. Je courus tellement vite jusqu'à mon véhicule qu'aucun humain n'aurait pu nous discerner. Je le posai le plus délicatement possible en lui enjoignant de vivre encore un peu. Son mental s'accrochait, certes, mais son corps était en alerte vitale. Je roulai à tombeau ouvert jusqu'à Lauzun. J'avais prévenu Léo de mon projet. Je lui avais parlé de cet artiste à plusieurs reprises. Nous étions attendus.

Je vampirisai immédiatement ce jeune homme, plein de promesses, dans la chambre qui était encore la sienne aujourd'hui.

Albert s'éteignit cette nuit-là et Kanine se réveilla trois jours plus tard. Nous rîmes, Léo et moi, de ce surnom qu'il s'était choisi. Ce jeune vampire peu bavard voulait un nom à la hauteur de son image. Il était devenu une bestiasse d'un gabarit incroyable. L'un des plus grands et des plus costauds d'entre nous.

Tout se passa admirablement bien. Homme de main d'une efficacité redoutable, garde du corps surprotecteur, il vouait une allégeance indiscutable au clan. Il devint un combattant tout aussi féroce qu'effroyable. J'étais satisfait qu'il soit dans notre clan plutôt que chez nos adversaires, même si nous n'avions pas vu l'ombre d'un vampire ou d'un loup-garou depuis belle lurette.

Néanmoins, Kanine n'avait pas réussi à

s'éloigner de son père. Il ne lui restait plus que lui depuis bien longtemps. Ce dernier lui avait tout appris, jusqu'à son travail. Quand son père tomba malade, Kanine déchanta devant mon refus de le sauver. Son père était un brave homme, certes, mais je ne pouvais accepter de le transformer, lui en particulier, plutôt qu'un autre.

Je refusais systématiquement ce genre de requête. J'étais le premier à appliquer les règles à la lettre. Toute exception devenait un manquement à la discipline. Je me devais de rester un modèle.

Alors, je fis comme chaque fois que mes vampires avaient encore un humain à perdre : j'amenai Kanine au chevet de son père afin qu'il puisse l'accompagner vers l'au-delà. Je restais en retrait les longues heures qui étaient parfois nécessaires pour l'expiration du dernier souffle.

Je dus manipuler Kanine afin qu'il reste calme. Une sourde colère enflait de plus en plus en lui. Son père était la dernière personne de sa famille, la dernière personne qui le raccrochait à son humanité. Quand enfin dans la nuit il s'éteignit, son fils le pleura longuement. Je laissai faire. Mon vampire avait besoin de faire son deuil. Je le manipulai à nouveau pour le ramener à Lauzun. Je crois bien que si je ne l'avais pas fait, Kanine se serait laissé partir en cendres au petit jour. Je le couchai, hébété, submergé par un trop-plein d'émotions, de pensées incohérentes, mais en sécurité dans nos murs.

Le lendemain, c'est Léo qui donna l'alerte. Non seulement Kanine n'était plus à l'hôtel de Lauzun, mais en plus il ne s'était pas rendu sur les lieux de sa mission. Chaque vampire exécutait chaque nuit des tâches ponctuelles au profit du clan Duroy. Kanine était d'une obéissance indéfectible.

Je me concentrai sur mon lien avec Kanine afin de le retrouver. Je le décelai rapidement. Je demandai un chauffeur et je partis dans l'instant, avec Léo, Etsuko, Miguel et Adrien jusqu'au petit village natal de mon vampire. Je craignais le pire. J'avais bien senti Kanine en grande difficulté, débordé par une profonde détresse. Jamais je n'aurais pensé qu'il puisse commettre de telles horreurs.

Quand nous arrivâmes au village, une habitation était rongée par les flammes. Plus loin, un hurlement nous alerta.

Nous descendîmes immédiatement de véhicule. Adrien alla gérer l'incendie. Nous ne pouvions appeler les pompiers pour l'instant. Notre existence était toujours inconnue et elle devait le rester encore de nombreuses années.

Pour l'heure, nous pénétrâmes dans la maison d'où provenait le hurlement de douleur. Du sang avait giclé partout. La scène ressemblait à un véritable carnage. Je sentais la présence de Kanine à l'étage.

Un corps sans vie reposait dans le salon. Des traces de morsures au cou et au poignet ne laissaient aucun doute sur la bête qui avait commis de tels actes. La victime blafarde avait été vidée de son sang.

À l'étage, les hurlements s'étaient transformés

en plaintes de douleur. Nous montâmes quatre à quatre. Des corps étaient tombés de-ci de-là. Une famille nombreuse vivait ici. Tous avaient été saignés, certains avaient des traces de sang à la bouche.

Je réalisai soudain que Kanine avait voulu vampiriser ces personnes. J'en fus saisi d'effroi. Lui si stable, si fiable, jamais je n'aurais pensé qu'il puisse se laisser aller à de telles exactions.

Quand nous arrivâmes à la chambre où il était, il tenait une adolescente dans ses bras et avait posé son poignet ouvert sur sa bouche.

— Vis ! suppliait-il.

Sa détresse me fit mal au cœur. Pensait-il pouvoir transformer ce village en une bourgade de vampires ?

— Kanine, arrête-toi ! Tu as fait assez de dégâts !

— Ils méritent tous de vivre pour l'éternité, Sensei, tous ces gens que j'ai connus ! Pourquoi moi et pas eux ?!

Mon vampire était en pleine souffrance. Je sortis mon aura puissante pour le manipuler. Je voyais les vagues bleu nuit, mêlées d'étoiles blanches scintillantes, l'entourer. Elles l'enveloppaient comme dans un cocon.

Les épaules de Kanine lâchèrent, il éclata en sanglots.

— Faites le tour des maisons, faites oublier aux humains ces visions cauchemardesques... Mettez le feu s'il le faut pour faire disparaître toute trace de notre passage...

Ma phrase était à peine terminée que mes vampires s'étaient envolés pour exécuter mes ordres. Je savais qu'ils ne commettraient aucune bévue. Nous étions au fait des dernières techniques d'enquêtes des humains. Ces derniers avaient de plus en plus de moyens.

Je gardai Kanine sous mon emprise et nous le ramenâmes à Lauzun. Ce massacre lui valait la peine de mort. J'en étais très peiné. Je vampirisais peu de vampires et je m'étais attaché à Kanine quand il était encore humain. Moi, ce supposé imperturbable samouraï, je m'étais entiché plus que nécessaire. Je m'en voulais en cet instant. Pourtant, je savais que les émotions faisaient aussi partie de la vie. Je tentais de me persuader qu'elles m'avaient amené des moments de bonheur inespérés.

Une certaine effervescence régnait dans mon bureau. Je fulminai intérieurement contre moi, contre Kanine.

La plaque métallique qui protégeait le parquet devant ma table de travail était découverte. De bourreau de travail, je me transformais en exécuteur quand cela était nécessaire.

Kanine s'agenouilla pour recevoir sa sentence. Il connaissait parfaitement les règles et les acceptait. Son honneur m'apaisa immédiatement. Léonard et Etsuko avaient dégainé leur sabre, prêts à exécuter mon ordre. Miguel tenait son briquet, prêt à faire feu. Nous réduisions systématiquement en cendres nos vampires jugés coupables. Le nettoyage était vite fait grâce à notre métabolisme hors norme.

Kanine pleurait à chaudes larmes, non pas pour lui mais pour les victimes qu'il avait exécutées malgré lui, poussé par ses instincts. Il avait pris la dimension de son acte. Je soupirai d'exaspération. Rendre justice en cet instant me déstabilisait. Kanine était une de mes meilleures recrues.

Je me plantai devant lui.

— Pourquoi ?

Il releva enfin la tête. Ses yeux brouillés de larmes montraient toute sa souffrance. Il était très perturbant de voir ce mastodonte pleurer comme un petit enfant.

— Je voulais juste une famille à moi pour l'éternité !

Son cri du cœur me fit mal. N'étais-je pas parti chercher Etsuko pour l'avoir rien que pour moi ?

Je croisai le regard de ma geisha et celle-ci baissa les yeux en signe de reconnaissance et soumission. Elle savait que j'avais bravé les règles pour elle. Elle était heureuse d'être parmi nous, entièrement dévouée, tout comme Kanine l'avait été jusqu'à présent. Ce moment était très pénible, me renvoyant à des émotions contrariantes qui prenaient naissance dans l'attachement que je pouvais avoir pour les miens. Je ne voulais que le meilleur pour eux, mais je devais rester un chef juste, un maître capable d'exécuter un des siens s'il commettait un acte inacceptable.

Alors, je plongeai dans la cervelle de ce vampire fautif. Je voulais savoir s'il avait la moindre animosité à mon encontre, ou envers notre clan. Je cherchai la plus petite trace de barbarie, de violence gratuite... Je ne pouvais pas garder à mes côtés un meurtrier, un vampire capable de torturer les humains.

Je fouillai le moindre recoin, le moindre neurone qui pourrait porter une pensée assassine. Je recherchai le moindre indice qui m'obligerait à l'éliminer. J'avais beau creuser dans ses méninges, je ne trouvais rien, absolument rien.

Ses pensées étaient emplies de l'amour pour son père, l'amour de la vie, l'injustice qu'il ait perdu si tôt cet être si cher à son cœur. J'avais face à moi un petit garçon qui avait besoin d'être consolé.

Je lui passai alors mentalement toutes les images de fraternité de notre clan. Toutes nos règles qui nous amenaient la paix, la sérénité, le pouvoir qui nous était donné d'accomplir de grandes choses, la responsabilité de guider les humains vers un avenir meilleur. Dix ans que Kanine était avec nous. Il restait bourru, mais se montrait souriant. Il avait des amis ici... Il avait une famille...

Mes autres vampires attendaient, apeurés par la conclusion qui pouvait amener une exécution. Kanine était reconnu comme un bon vampire. Les miens demeuraient prêts pour cette exécution qui se ferait à contrecœur pour nous tous.

Les yeux hypnotiques de Kanine me montraient qu'il faisait un grand tri intérieur. Finalement, ses pensées résonnaient complètement avec nos règles de vie.

Je savais que le ménage avait été fait dans le village. Certes, il y avait six morts dont les corps avaient disparu à jamais dans un grand incendie qu'Adrien avait su contrôler. Les pompiers avaient pris le relais. Il ne resterait que des gros titres dans les médias.

Kanine baissa à nouveau la tête.

— Je suis tellement désolé, Sensei !

— Tu peux ! Comment comptes-tu réparer ta faute ?

Ses épaules s'affaissèrent encore devant son impuissance. Personne ne pouvait ramener un mort à la vie.

— J'obéirai au moindre de tes ordres, Sensei, affirma-t-il fièrement en me regardant droit dans les yeux.

Il était d'une sincérité touchante. Il était rare que mes émotions soient mises à si rude épreuve. Je restais impassible la plupart du temps, même quand nous étions en danger. Finalement, c'était même plus facile quand nous étions en danger. Je pris conscience que j'étais bien plus attaché à mes vampires que je ne l'avais pensé. Auparavant, j'étais simplement dans le déni.

— Adrien t'apportera des ouvrages à lire. Tu resteras consigné dans ta chambre, le temps que je jugerai nécessaire... Je te ferai appeler régulièrement afin d'évaluer ton état d'esprit.

J'avais repéré bon nombre d'ouvrages philosophiques ou psychologiques qui pourraient l'aider à apprivoiser la mort, mais aussi bien d'autres choses. Les humains avaient exploré tellement de pistes en psychologie qu'il était peut-être temps de s'y intéresser sérieusement. Nous avions un tournant à opérer pour mieux nous intégrer. Nous étions en marche et préparions notre sortie au « grand jour ».

Nous avions toujours nos conversations spirituelles, Etsuko et moi. Quelque part, elle avait remplacé Alrik. Elle serait d'une grande aide pour Kanine, afin qu'il puisse trouver la paix. Ma geisha acquiesça à mon ordre mental.

— Tu ne boiras plus à la veine pendant les dix prochaines années ! ajoutai-je.

Kanine ne fut même pas choqué d'une telle exigence.

Tous mes vampires furent soulagés qu'on le garde.

La vie reprit son cours et à aucun moment, ce vampire ne me fit regretter de l'avoir épargné cette nuit-là.

Dans les jours qui suivirent, un autre élément surprenant m'ébranla. Ma communauté fut surprise par ma clémence, mais aussi soulagée que je sache trancher sans respecter notre règlement à la lettre. Je me félicitai d'avoir osé faire à nouveau une exception.

***

Un toc à ma porte interrompit ma lecture. J'avais l'impression de quitter un songe pour atter-

rir dans mon bureau à Paris en 2020.

Je relevai la tête devant ce souvenir douloureux. J'avais besoin de reprendre mes esprits avant de faire entrer Léonard. Je m'appuyai confortablement sur le dossier de mon fauteuil, la tête en arrière.

Je pris le temps de songer encore à Kanine. Il était resté cloîtré six mois dans sa chambre. Etsuko et moi nous étions relayés auprès de lui dans des conversations spirituelles qui nous avaient enchantés tous les trois. Je retrouvais les discussions animées que j'avais eues avec Alrik, débattant de nos points de vue. Avoir grandi en pensant être mort me donnait un sérieux avantage sur tous ces vampires.

Kanine devint même notre spécialiste en philosophie et psychologie des temps modernes, suivant les dernières tendances. Il devint aussi impassible que moi, à sa façon, parlant le moins possible et uniquement par nécessité. Ces décennies me montrèrent combien j'avais eu raison de le garder parmi nous.

Il ne démérita plus. Je fus tout de même consterné de voir qu'il continuait de se considérer comme puni en ne buvant plus à la veine. Peut-être avait-il peur de se remplir à nouveau d'une rage telle qu'il exterminerait à nouveau un hameau ? Non, je n'y croyais absolument pas.

Je fermai mon journal et le rangeai dans mon tiroir, sous clé.

Épilogue

Paris, hôtel de Lauzun, 2020

Je n'aurais pas l'occasion de faire ma séance d'écriture pour le moment. Néanmoins, avoir relu tous ces moments forts m'imprégnait à nouveau de confiance dans mes capacités à raisonner et conserver un jugement juste. Comme toujours, je trouverais une solution. Je sauverais les miens, au péril de ma vie s'il le fallait, de ce terrible mal qui vidait mes vampires de leur sang, leur volant leur éternité.

D'un message mental, j'ordonnai à Léo d'introduire notre visiteur.

Je découvrais enfin ce mage qui m'avait contacté à plusieurs reprises. Il disait lire dans les astres. Il avait un message à nous faire passer depuis le cosmos, rien que cela. Je me devais de l'écouter avec toute l'ouverture d'esprit dont j'étais capable. Son discours était un peu farfelu, mais je sentais de la sincérité dans la solution qu'il avait à nous proposer.

Alors, qu'avais-je à craindre finalement ?

J'étais à court d'idées pour nous sauver de cette étrange maladie mortelle. Si l'on m'avait dit qu'un jour, nous pourrions être éradiqués de la sorte, j'aurais ri. Et pourtant, ce n'était pas dans mes habitudes de rire.

Pour l'heure, je ne savais pas si un virus, une bactérie ou un complot avait fait apparaître cette affection mortelle.

Je serrai la main de ce mage et l'invitai à s'asseoir. Je fus surpris que ses pensées soient tournées uniquement sur l'une de mes congénères. Il venait pour porter à ma connaissance une vampire avec des dons bien particuliers.

Qu'avait-elle de plus que nous ? Nous étions une communauté de vampires déjà bien lotie.

De plus, en quoi pouvait-elle nous aider ?

Les pensées de ce mage étaient très limitées, ce qui était rare. Cet homme savait cloisonner ou alors cette vampire relevait de l'obsession. Dans tous les cas, cela était suspect.

— Lucien, pour vous servir ! me salua-t-il.

— Président Eiirin Kinoshita !

Je lui rendis son salut et nous nous assîmes dans mon petit salon. Léo nous rejoignit.

— Vous aviez des propositions à nous faire pour éradiquer le mal qui nous extermine, Lucien ?

— Pas directement, non, malheureusement... Je ne suis pas guérisseur et je ne connais pas suffisamment les plantes pour vous concocter un remède.

Je hochai la tête, attendant la suite avec perplexité. J'espérai soudain ne pas perdre mon temps.

— J'ai des visions...

J'acquiesçai patiemment, l'invitant à poursuivre, imperturbable.

— Dans ces visions, je vois une vampire vous venir en aide... Elle est la clé de tout !

Encore cette fameuse vampire que je voyais dans ses songes. Oui, c'était même une obsession pour lui. Il espérait se libérer d'elle en venant jusqu'à nous...

— Et qu'a-t-elle de particulier, cette vampire ?

Je restais impassible, même si je me sentais mal à l'aise. Cependant, je mettais cela sur le compte des rares rencontres entre sorciers et vampires. Nous étions une menace l'un pour l'autre. Le sang des sorciers tuait les vampires, a contrario, nous pouvions aisément les éliminer. Par bien des côtés, ils étaient humains.

D'ailleurs, je sentais que le sang de Lucien était assurément mortel.

Léo examinait ce mage de la tête aux pieds. Lui aussi tentait de deviner ses désirs profonds. Ses vêtements noirs paraissaient un peu grands. Je me demandais s'il n'avait pas maigri ces derniers temps. Notre invité était brun. Ses cheveux longs n'étaient pas particulièrement soignés. Il semblait négliger son apparence et soucieux.

Le mage sortit une photo de sa poche intérieure et la glissa sur la table basse, face à nous.

Elle fit immédiatement son petit effet. Léo et moi étions penchés, éblouis par cette magnifique rousse, dont les lunettes rondes fumées ne cachaient pas complètement les yeux bleu glacier... vampiriques.

Et le plus étonnant ?

L'élément le plus choquant à nos yeux ?

Cette photo était prise en plein jour sous un soleil éclatant !

Comment une vampire pouvait-elle sortir sous cette lumière aussi éblouissante sans partir en fumée ?

Je crois bien n'avoir jamais été aussi choqué de ma longue vie. Léonard était tout autant abasourdi que moi. Nous en étions sidérés.

— Elle sort de jour et il semblerait qu'elle ait des pouvoirs particuliers... Cependant, je suis incapable de les évaluer.

— Vous l'avez fait rechercher ? demandai-je, choqué, soudain suspicieux.

Qu'il ait des visions, je pouvais l'entendre. Mais pourquoi la recherchait-il ?

Le mage fit la moue, embarrassé.

— Croyez bien que ce n'est pas dans mes habitudes... mais cette femme me hante terriblement... jour et nuit, elle est devenue une obsession dont je dois me débarrasser. Elle a un lien futur avec votre clan... Je la vois résoudre vos problèmes... En vous dévoilant son existence, j'espère trouver à nouveau la paix.

Il ferma les yeux, songeur. Je le laissai à ses réflexions. Je voyais ses pensées s'ordonner. Ces dernières étaient cohérentes avec ses paroles. Puis il reprit :

— J'ai voulu vérifier qu'elle existait bien ! Je ne peux vous cacher que mes visions ne sont pas sûres à cent pour cent. Maintenant, tout comme moi, vous connaissez son existence. Je considère ma mission accomplie. Vous ferez ce que vous voulez de cette information...

Lucien paraissait épuisé et je mis fin à l'entretien. Il était soulagé d'avoir délivré son message. Je le regardai partir, songeur.

Je demandai à Léo de revenir pour discuter de cet élément incroyable.

Cette femme était-elle la clé de nos soucis ?

Pouvait-elle éradiquer une maladie mortelle ?

Elle piquait ma curiosité et j'étais pressé d'en savoir plus. De toute façon, il fallait envisager toutes les pistes et je n'en avais pas d'autres pour l'instant.

Je ramassai la photo et la scrutai sous tous les angles, totalement fasciné par cette vampire diurne. Combien cachait-elle de secrets ?

Elle était fascinante et faisait naître des désirs en moi que je ne reconnaissais pas. Elle m'intriguait et je ressentais le besoin urgent de trouver des réponses.

J'étais pressé d'en savoir davantage.

Au dos, Lucien avait inscrit les nom, prénom et adresse de cette superbe jeune femme. Un sourire s'agrandit sur mon visage malgré moi. Je ne me reconnaissais pas.

Une alerte retentit en sourdine en mon for intérieur. Nous allions enquêter, me rassurai-je mentalement afin de faire taire cette petite voix. Nous ne ferions pas n'importe quoi.

Néanmoins, j'avais tellement hâte que je pris un modèle de candidature afin de lui proposer une rencontre.

* * *

Mademoiselle Fleury,

Nous serions heureux de vous rencontrer afin de vous offrir un emploi. Ce poste, tout à fait dans vos compétences particulières, nous permettrait de surmonter des difficultés inquiétant les vampires, et par extension les humains.

Nous sommes conscients de la gêne occasionnée dans votre vie. Nous vous offrons donc un logement de fonction et toute la sécurité dont vous pouvez avoir besoin pour vous sentir à l'aise le temps de votre mandat.

Cet emploi vous permettrait de démarrer une nouvelle carrière passionnante et enrichissante, développant ainsi, au maximum, vos capacités et votre potentiel.

Dans l'attente de vous rencontrer, uniquement pendant les heures nocturnes, je vous prie de croire en l'assurance de ma plus haute considération.

Votre dévoué
Eiirin Kinoshita-Duroy
Président de Duroy
* * *

Quand Léo revint, je lui ordonnai d'enquêter immédiatement ! Je voulais tout savoir de cette Ismérie, connaître les moindres détails de ses activités, de sa vie, voire commencer à évaluer l'étendue de ses pouvoirs. Je devais savoir si elle pouvait intégrer notre clan rapidement. Après tout, nous recrutions régulièrement toutes sortes de créatures. Je voyais déjà le potentiel, pour gérer nos affaires, d'avoir une vampire qui pourrait sortir en plein jour. Je me retranchais sur les besoins de mon clan car je voulais étouffer les sentiments contradictoires qui avaient surgi au plus profond de moi.

Une vampire diurne ! Cette capacité était extraordinaire. Probablement le rêve inavouable de tout vampire. Je n'en connaissais aucun qui pouvait sortir en plein jour et n'en avais jamais entendu parler. Était-ce une anomalie ? Dans tous les cas, cette particularité devenait un superpouvoir pour nous.

Mon second hocha la tête, soucieux, et sortit.

J'enregistrai le fichier et me reposai en arrière dans mon fauteuil. J'admirai les anges au plafond qui veillaient sur moi. Espérons que cette vampire soit la clé de nos soucis.

Découvrez la suite des aventures d'Eiirin

dans la saga *Sangs éternels,*

ainsi que dans la nouvelle de Léo

disponible dans les librairies.

Vous avez aimé ?

1- Vous souhaitez faire découvrir cette nouvelle ? Publiez un commentaire dans les boutiques en ligne, en vous rendant, par exemple, sur ma page auteur :

http://www.amazon.fr « Florencebarnaud »

Suivez-moi sur Amazon pour être informé de mes publications.

2- Inscrivez-vous à ma newsletter pour être informé de mes publications et recevoir gratuitement les premiers chapitres de mon prochain roman :

http://www.florencebarnaud.com/

3- Retrouvez-moi...
Mon site : http://www.florencebarnaud.com/

Facebook :
https://www.facebook.com/FlorenceBarnaudRomanciere/

Instagram :
https://www.instagram.com/florence_barnaud/

par e-mail : florence.barnaud@gmail.com

Remerciements

Merci de m'avoir lue. Cette troisième nouvelle agrandit l'univers de *Sangs éternels*. Tout comme Ismérie, j'étais nostalgique quand je repensais à cette première saga, celle avec laquelle toute mon aventure livresque a commencé. Alors, il est devenu évident que je devais vous raconter la vampirisation de mes premiers personnages. Et voici Eiirin, ce valeureux vampire incompris de *Sangs éternels*. J'espère que son histoire vous aura plu et fait vibrer au fil des pages de son journal.

Merci, le groupe du Chat de l'Écrivain. C'est un vrai plaisir de se retrouver pour écrire tous les après-midi, partageant nos énergies, nos GIF. Ce groupe est un formidable compagnon de tous les jours. Merci, Caroline Vermalle, d'avoir créé cette formidable osmose.

Merci, Ingrid, pour nos échanges quasi quotidiens. Quel mérite quand je vois parfois le nombre de coquilles que je t'ai laissé. Ce premier avis est très important pour moi et un moyen sûr de savoir si j'embarque le lecteur avec moi dès les premières pages. Grâce à toi, Ingrid, je fais déjà une deuxième écriture très embellie. Tes commentaires m'enchantent et c'est un grand plaisir de les relire en phase d'embellissement.

Merci à mon comité de lecture, Aurélie, Samantha, Florence et Cédric. J'attends toujours vos retours avec tant d'impatience. Merci pour vos ressentis, votre honnêteté, vos partages.

Merci Laurent, toujours fidèle dans ma relecture. Merci pour tes retours, ils sont tellement importants.

Merci à toutes celles et tous ceux qui me soutiennent par leurs partages, leurs chroniques, leurs messages, leurs commentaires. Je suis toujours très touchée par votre investissement. Il est tellement important pour donner vie à mes histoires.

Et vous, lectrices, lecteurs, merci de me découvrir ou de me lire depuis le début. Vous avez un rôle à jouer. Sans vous, une histoire ne peut pas vivre. Bienvenue dans mon monde. Pour me soutenir si vous avez aimé, laissez-moi un petit commentaire dans la boutique en ligne avec plein d'étoiles. Bien à vous.

Biographie

Tel le chat, Florence Barnaud a eu plusieurs vies. Leurs empreintes cheminent dans ses histoires. Suivez la flamme qui l'anime et guide sa plume pour vous transporter vers d'autres univers, riches d'émotions, de suspense et d'humour.

De la même autrice :
Fantasy – Bit-lit – Romance paranormale
Sangs éternels, Tome 1 – La Reconnaissance
Sangs éternels, Tome 2 – L'éveil
Sangs éternels, Tome 3 – La Loi du sang
Sangs éternels, Tome 4 – La Troublante Fascination
Sangs éternels, Tome 5 – La Traque

Aux origines de Sangs éternels – Ismérie
Aux origines de Sangs éternels – Léo
Aux origines de Sangs éternels – Eiirin

Romance paranormale – Romance militaire
Combats enflammés, Tome 1 – Rendez-vous explosif
Combats enflammés, Tome 2 – Choisis ton combat
Combats enflammés, Tome 3 – Feu sacré

Fantasy – Romance paranormale – Dystopie

Nature captive, Tome 1 – Lendemain de cendres
Nature captive, Tome 2
Nature captive, Tome 3

Développement personnel

S'installer dans l'écriture (à paraître)

Table des matières

Sangs Eternels
- TOME I -
LA RECONNAISSANCE
FLORENCE BARNAUD